AS AVENTURAS DE JACK BRENIN

Livro DOIS

O PORTAL DE GLASRUHEN

Série As Aventuras de Jack Brenin

A Noz de Ouro
(VOL. 1)

O Portal de Glasruhen
(VOL. 2)

A Montanha Prateada
(VOL. 3)

O PORTAL
DE GLASRUHEN

CATHERINE COOPER

ILUSTRAÇÕES DE
RON COOPER e CATHERINE COOPER

Tradução
Maria de Fátima Oliva Do Coutto

BERTRAND BRASIL

Rio de Janeiro | 2012

Copyright © Catherine Cooper 2010
Todos os direitos reservados.

Título original: *Glasruhen Gate*

Capa: Silvana Mattievich
Ilustração de capa: Emil Dacanay, D.R.ink
Editoração: FA Studio

Texto revisado segundo o novo
Acordo Ortográfico da Língua Portuguesa

2012
Impresso no Brasil
Printed in Brazil

Cip-Brasil. Catalogação na fonte
Sindicato Nacional dos Editores de Livros. RJ

C788p	Cooper, Catherine
	O portal de Glasruhen / Catherine Cooper; ilustrações de Ron Cooper e Catherine Cooper; [tradução Maria de Fátima Oliva Do Coutto] — Rio de Janeiro: Bertrand Brasil, 2012.
	238p. : il.; 23 cm (As aventuras de Jack Brenin; 2)
	Tradução de: Glasruhen gate
	ISBN 978-85-286-1602-6
	1. Histórias de aventuras. 2. Literatura infantojuvenil inglesa. I. Cooper, Ron. II. Coutto, Maria de Fátima Oliva Do, 1951-. III. Título. IV. Série.
	CDD: 028.5
12-5210	CDU: 087.5

Todos os direitos reservados pela:
EDITORA BERTRAND BRASIL LTDA.
Rua Argentina, 171 — 2º andar — São Cristóvão
20921-380 — Rio de Janeiro — RJ
Tel.: (0xx21) 2585-2070 — Fax: (0xx21) 2585-2087

Não é permitida a reprodução total ou parcial desta obra, por
quaisquer meios, sem a prévia autorização por escrito da Editora.

Atendimento e venda direta ao leitor:
mdireto@record.com.br ou (0xx21) 2585-2002

Impresso no Sistema Cameron de Impressão da Divisão Gráfica da
Distribuidora Record.

Para George e Annie

MAPA DA CIDADE DE GLASRUHEN

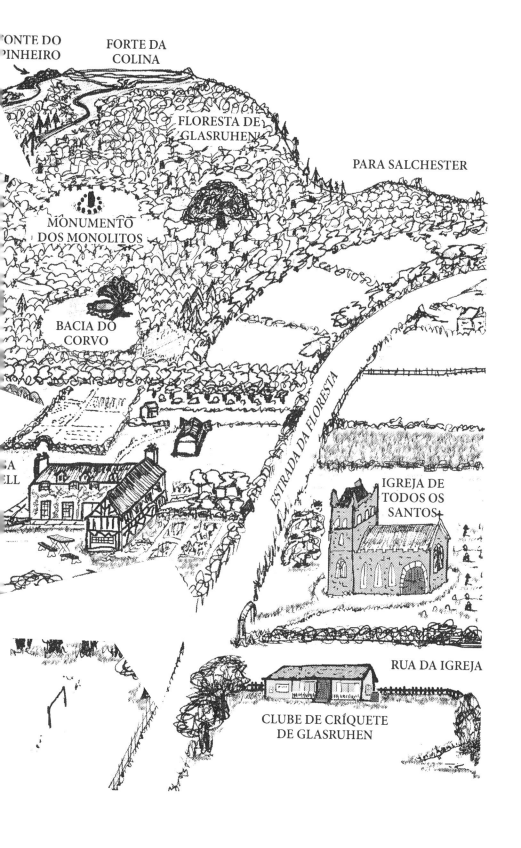

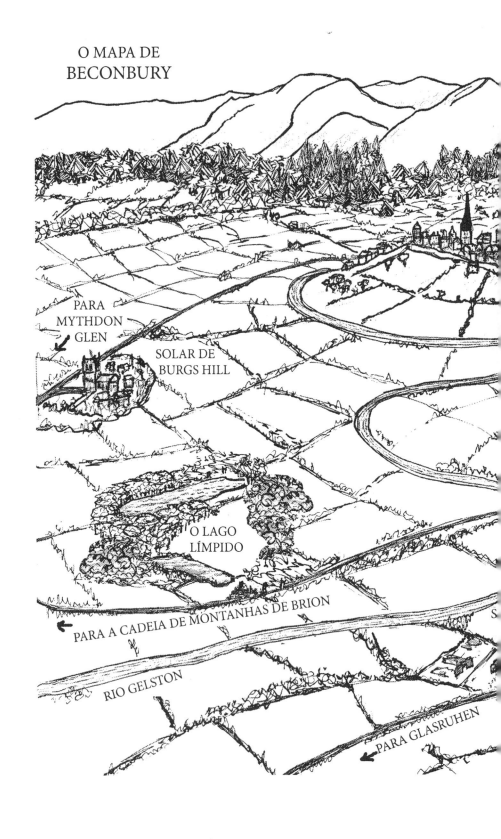

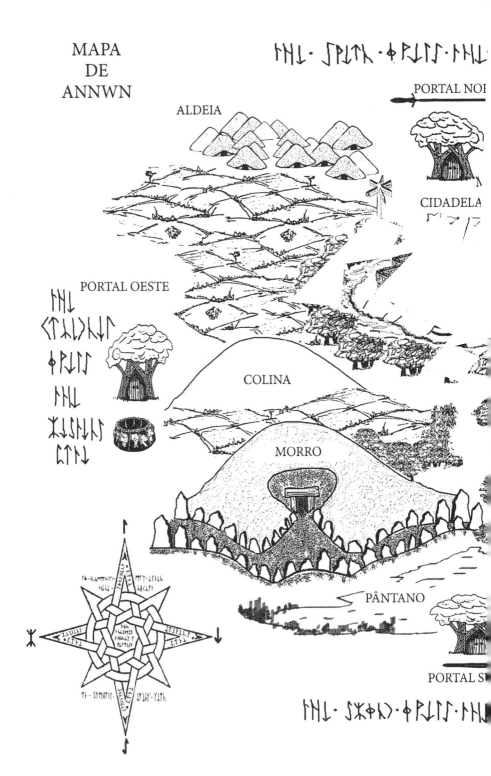

A PROFECIA

Encontrem um menino da família Brenin
nascido no dia da celebração de Samhain.*
O Eleito que procuram é forte e corajoso,
não pode causar mal o seu coração valioso.
A noz de ouro ele verá
E o pedido da dríade ouvirá.
Na Colina de Glasruhen fará
uma promessa que cumprirá.
Quando tudo for igual, tudo combinado,
o que foi perdido será encontrado.

---

* Samhain — dia em que se comemora o Ano-Novo dos Bruxos, no dia 31 de outubro no Hemisfério Norte, e em 1º de maio no Hemisfério Sul. (N.T.)

QUANDO TUDO FOR IGUAL, TUDO COMBINADO,
O QUE FOI PERDIDO SERÁ ENCONTRADO

SUMÁRIO

Prólogo		17
Capítulo 1	Recuperação das placas	21
Capítulo 2	Problemas	33
Capítulo 3	Myryl	46
Capítulo 4	Voo noturno	58
Capítulo 5	O lago perfeito	71
Capítulo 6	O Portal de Glasruhen	85
Capítulo 7	Em Annwn	97
Capítulo 8	Tremenda enrascada	107

Capítulo 9	Interrogatório	118
Capítulo 10	Prisão domiciliar	130
Capítulo 11	Os visitantes	141
Capítulo 12	O jardim da rainha	150
Capítulo 13	Julgamento e atribulações	160
Capítulo 14	Nozes pequeninas	175
Capítulo 15	A encruzilhada dos caminhos	188
Capítulo 16	Partidas	201
Capítulo 17	Carvalhos poderosos	212
Capítulo 18	Comunicações	221
Extratos do Livro de Sombras		231
Agradecimentos		238

COM TIRAS DE COURO DEVERÃO SER ATADAS

PRÓLOGO

— Chegamos — grasnou Camelin, sobrevoando a alta cerca viva que circundava a Casa Ewell.

Jack não se encontrava muito atrás. Podia ver Motley e a guarda noturna correndo na direção da porta da cozinha enquanto sobrevoava a sebe. Gerda correu para o pátio, e dois morceguinhos esvoaçaram à volta da porta de entrada.

— Voltamos, conseguimos! — anunciou Camelin a todos que tinham ido lhes dar as boas-vindas.

— Cadê Orin? — perguntou Jack a Motley durante a descida de pouso.

— Aqui em cima — respondeu Orin com voz animada e estridente, da janela aberta do sótão de Camelin.

Jack observou Camelin pousar na grama e, todo orgulhoso, se pavonear diante do grupo. Segundos depois, ele também pousou. Orin apareceu na porta da cozinha e correu para recebê-los. Timmery e Charkle esvoaçaram ao redor de suas cabeças. Todos faziam perguntas ao mesmo tempo. Camelin voou até a mesa de piquenique, exibindo-se. Atirando a cabeça para trás, soltou *o chamado do corvo*. Todos se calaram à espera das novidades. Estufando as penas do peito, ele inclinou a cabeça para o lado e observou, um a um, todos os rostos. Jack percebia o desespero dos ratos em ouvir o que Camelin tinha a contar.

— Vamos contar tudo, mas só depois do café da manhã. Estou morto de fome.

Ouviu-se um murmúrio de protesto e, em seguida, todos se voltaram para Jack.

— Eu também estou morrendo de fome.

— Então, melhor comermos — anunciou Nora, unindo-se ao grupo com Elan.

Gerda cacarejou alto e parou de repente, voltando-se na direção do lago. A distância, era possível ouvir o grasnar de outro ganso.

— Você tem visita — explicou Elan.

Jack sorriu. Gerda seria a gansa mais feliz do mundo quando chegasse ao lago e encontrasse Medric à sua espera. Todos a observaram sair apressada.

— Uma visita — farfalhou Timmery. — Adoro visitas.

Camelin resmungou, mas ninguém pareceu notar. Os ratos olhavam para Nora.

— Logo logo vocês vão descobrir quem é. Podemos entrar e comer?

— Maravilha! — grasnou Camelin levantando voo e entrando na cozinha.

Uma corrida, um voltear e, em seguida, apenas Nora e Jack restaram no pátio.

— Vou precisar saber de tudo. Mas tudo mesmo, entendeu?

Jack assentiu. Sabia que precisaria contar a Nora sobre os soldados romanos, sobre o que haviam feito com Camelin e também sobre como eles dois escaparam por pouco de Viroconium. Contando ou não, ela acabaria descobrindo. Ouviu-se um farfalhar de folhas na cerca viva. Jack observou enquanto a mensagem atravessava os altos teixos. Em breve, chegaria às profundezas da Floresta de Glasruhen.

— Quando podemos visitar Arrana?

O Portal de Glasruhen

— Depois do café da manhã. Primeiro vamos reunir as três placas de caldeirão que as dríades guardaram. Aí, então, visitamos Jennet e buscamos os caldeirões que vocês encontraram.

— Posso me transformar primeiro? Estou sufocando.

— Claro que sim. Voe até o sótão e vou mandar Camelin subir. Ele só terá de esperar um pouquinho mais pelo café da manhã.

Jack atravessou a janela do sótão. Os dois cestinhos de corvo se encontravam no centro do aposento, e suas roupas, arrumadas numa pilha ao lado do pufe, no local exato onde as deixara. Parecia ter se ausentado semanas e não horas. Quanta alegria em estar de volta! Seus pensamentos foram interrompidos pela chegada de Camelin.

— Ande logo. Estou com fome.

Encostaram as testas. Apesar de manter os olhos bem-apertados, a luz o cegou. Quando voltou a enxergar, Camelin já tinha se encarapitado no parapeito da janela.

— Dá para se apressar? Nora disse que não podemos começar a comer sem você.

Jack se vestiu o mais rápido possível e saiu em disparada pelas escadas e pelo corredor. Ao entrar na cozinha, todos aplaudiram e comemoraram. As bochechas arderam ao se aproximar da única cadeira vazia. Apesar do barulho, ouviu a voz de Camelin.

— E aí, já podemos começar?

RECUPERAÇÃO DAS PLACAS

Jack deixou Camelin contar a todo mundo sobre a viagem ao passado, apenas acrescentando detalhes sempre que Camelin se esquecia de alguma coisa. Percebia a insatisfação de Nora. Era evidente que o corvo adorava ser o centro das atenções e, se tinha visto os olhares que Nora lhe lançava, preferira ignorá-los. Muitas perguntas foram feitas, sobretudo sobre Medric, por isso demoraram um tempão para concluir a história.

— E depois tomamos o café da manhã — disse Camelin numa reverência.

Os ratos vibraram. Orin escalou Jack, sentou-se no seu ombro e esfregou-lhe o pelo macio no rosto.

— De novo, de novo — farfalhou Timmery, esvoaçando ao redor da cabeça de Camelin. — Conta aquela parte da Jennet novamente.

Camelin respirou fundo.

— Jack colocou as três placas do caldeirão na mão de Jennet, mas ela não gostou da aparência destas e jogou tudo na nascente. Depois viu o prefeito do campo dos romanos em sua brilhante armadura e ficou animada. Num minuto ele estava lá e, no minuto seguinte, sumira. Acabou voltando, ensopado e apenas de túnica. Devia ter visto a cara dele depois que Jennet tirou todo o metal brilhante que ele possuía. O prefeito tremia de raiva.

Todos riram, exceto Nora.

— Vocês prometeram não pensar duas vezes antes de voltar pela janela do tempo se corressem perigo. Achei que sempre mantivesse suas promessas, Jack.

— E mantenho, mas também prometi encontrar as placas do caldeirão que faltavam.

— Deveria ter deixado as placas.

— Como podia, quando tanta coisa dependia da montagem do caldeirão?

— Nunca teria pedido que fizessem a viagem se soubesse que acabariam em Viroconium.

Camelin ficou emburrado.

— A profecia dizia que nós íamos ter sucesso, esqueceu? *O que foi perdido será encontrado.* Jack é *O Eleito.* Você mesma disse.

— Mas podiam ter se machucado.

Ninguém disse nada. Jack achou melhor mudar de assunto.

— Podemos visitar Arrana?

— Claro, mas precisamos fazer uma coisa antes de irmos a Glasruhen — respondeu Nora. — Vamos arrumar as placas e deixar tudo pronto. Assim, quando trouxermos as outras, eu me encarrego de montar o caldeirão.

Saiu da cozinha e se dirigiu ao herbário.

— Não demore. Depois vamos encontrar Arrana e buscar as outras placas. Na volta, propomos uma troca com Jennet pelas que Jack lhe entregou.

Jack procurou nos bolsos.

— Não tenho nada a oferecer a Jennet.

O Portal de Glasruhen

Elan riu, retirou um vidrinho do bolso e o entregou a Jack.

— Não se preocupe. Pensamos um bocado a respeito. Duvido que ela resista a isso.

Jack examinou o vidrinho.

— É esmalte!

— Um esmalte muito especial. Olha só!

Elan mexeu os dedos. O esmalte era verde escuro, quase da mesma cor do cabelo de Jennet. Suas unhas, iluminadas pela luz, reluziram e cintilaram.

— Uau! Ela vai adorar.

— Tudo pronto — anunciou Nora quando todos se reuniram em torno da comprida mesa localizada no centro do herbário.

Numa das extremidades, Jack viu uma pilha de tiras de couro. Na outra, uma pilha de placas de caldeirão semelhantes às que tivera nas mãos poucas horas antes.

Nora pegou um livro da estante e folheou as páginas até encontrar o que buscava. Jack ficou empolgado. Não demoraria até ver o caldeirão inteiro. Elan instalou a placa de base grande e redonda, gravada com o teixo, no centro da mesa.

Nora ofereceu o livro a Jack.

— Talvez você possa ler enquanto Elan e eu arrumamos as placas.

O livro era pesado e, como todos os outros livros na Casa Ewell, feito à mão. A página para a qual olhava, lindamente ilustrada, mostrava as treze placas arrumadas em torno da base circular. Ele leu cada um dos nomes em ordem, começando pelo número um, o pinheiro.

Nora e Elan separaram as seis placas e as repousaram em torno da base enquanto Jack lia os nomes. Deixaram espaços para as que ainda faltavam. Ao terminarem, Nora abriu um sorriso.

— Eu tinha quase perdido a esperança de ver o caldeirão inteiro de novo. Agora vamos poder usá-lo para o banquete no dia de Samhain. Podemos ir?

Sem esperar resposta, Nora saiu porta afora rumo ao final do jardim. Jack e Elan a seguiram, enquanto Camelin voava na frente.

Jack fora pela primeira vez à Floresta de Glasruhen algumas semanas antes, mas era como se a conhecesse há anos. Observou Nora parada diante da cerca viva de abrunheiros, uma imagem agora já familiar, unindo as mãos e as erguendo num movimento circular. Dessa vez, quando a cerca viva se abriu, os joelhos de Jack não tremeram. Ansiava por falar com Arrana e fazê-la saber que ele mantivera a promessa e havia obtido sucesso. Agora a floresta seria salva. Uma vez remontado o caldeirão, poderiam entrar em Annwn. Nora poderia recolher os frutos da Mãe Carvalho para Arrana e as folhas da árvore Crochan* para o elixir. Arrana poderia transmitir seu conhecimento, e uma nova Hamadríade** ocuparia o seu lugar no bosque sagrado. Nora ficaria bem ao beber o elixir.

Jack entrou no túnel. Ouviu-se o farfalhar. Sem olhar para trás, soube que a cerca viva se fechara.

— Não demore — grasnou Camelin, voando sobre sua cabeça antes de desaparecer de vista.

Os densos teixos bloquearam a luz, transformando a floresta num ambiente lúgubre. Apesar de estar abafado dentro do túnel, o balançar dos galhos proporcionava uma leve brisa. Folhas finas como agulhas roçaram os ombros de Jack. Seria sua imaginação ou os grandes abrunheiros se estendiam para tocá-lo? Perdido nos próprios pensamentos, não viu Elan parar e, por pouco, não esbarrou nela.

— Tem algo errado.

— O que é?

---

* Crochan — palavra celta que significa caldeirão. (N.T.)

** Hamadríade — ninfa dos bosques que nasce e morre com a árvore da qual lhe foi confiada a guarda e de onde jamais pode sair. (N.T.)

O Portal de Glasruhen

— Ali. Olha.

A distância, Jack viu um grupo de dríades. Iam e vinham de um lado para o outro. Ao se aproximar, notou que não pareciam nada contentes. A ninfa mais próxima deu um passo à frente e inclinou a cabeça antes de falar com Nora.

— *Ó grande seanchai, depositária dos segredos e guardiã do Bosque Sagrado,* não podemos entregar mensagens. Arrana, a Sábia, a Protetora e a mais Sagrada de todas, não acorda.

— Que péssima notícia — murmurou Nora.

As dríades se juntaram.

— Demoramos horas para acordar Arrana da última vez que Camelin e eu viemos visitá-la — informou Jack.

A mais alta dríade deu um passo à frente.

— Já tentamos cantar para ela.

Nora parecia preocupada.

— Acho que não temos muito tempo disponível. Conforme Arrana desfalece, minha mágica também enfraquece. Vamos nos apressar.

As dríades se moveram com rapidez. Impossível acompanhá-las. Logo desapareceram de vista. Ao se aproximarem do centro da floresta, ouviram um lamento baixinho.

— Rápido — avisou Nora.

Pararam abruptamente na clareira. O som vinha das dríades que cercavam Arrana. Rostos preocupados se voltaram para os recém-chegados, mas não interromperam a música triste. O círculo se abriu para deixar Nora passar. Jack e Elan seguiram seus passos. Camelin pousou no chão para se juntar a eles.

— Devo cantar?

— Não, Camelin, acho que não vai adiantar — respondeu Nora com delicadeza. Deteve-se diante da grande hamadríade e ergueu a cabeça.

— Arrana, a Sábia, Dama da Floresta e mais Sagrada de todas, trazemos boas notícias.

Reinava o silêncio na floresta. Todos os rostos se voltaram na direção de Arrana. Nora tentou mais uma vez. Como o grande carvalho não se moveu, ela apanhou a varinha de condão.

— Esperava não precisar usar magia — murmurou para si mesma.

— Venha me ajudar, Jack. Pegue a noz de ouro e a segure na palma da mão. Quando a varinha começar a faiscar, tente direcionar a luz para Arrana.

Jack abriu a mão. A noz de ouro, quente, pesava. Minúsculas faíscas vermelhas brotaram da ponta da varinha brilhante de Nora.

— *Deffro hun* — ordenou.

Um feixe de luz dourada brotou da noz. Ele ouviu um soluço das dríades. A mão tremeu ao tentar controlar a luz. Nora ergueu a varinha e a apontou direto para os galhos da hamadríade. Repetiu as palavras mais uma vez.

— *Deffro hun.*

Um brilho verde iluminou o bosque. Um leve movimento do tronco de Arrana fez todos prenderem a respiração.

— *Deffro hun* — repetiu Nora.

Dessa vez, o tronco começou a oscilar. Tremulou e balançou ao ganhar força, até, afinal, Arrana surgir diante deles. Ao sacudir os cabelos, folhas desceram em cascata até o chão. Todos se curvaram.

Jack percebia a preocupação estampada nos olhos de Nora. De tão magra, era possível ver através de Arrana. Quase todas as suas folhas haviam caído. Os cabelos compridos pareciam mais ralos. Ao falar, a voz soou cansada.

— Trazem notícias?

— Trazemos, sim — respondeu Nora. — O que estava perdido foi recuperado. Estamos em condições de montar o caldeirão.

Farfalhos e sussurros ecoaram na floresta. Todas as dríades e as árvores pareciam falar ao mesmo tempo. Arrana ouviu o que tinham a dizer antes de se dirigir a Jack.

— Muito bem, Jack Brenin. Aproxime-se.

O Portal de Glasruhen

Jack obedeceu.

— Somos todas muito gratas por ter encontrado as placas perdidas do caldeirão. Graças à sua coragem, as florestas serão salvas. Ainda tenho força suficiente para lhe conceder uma recompensa.

Jack fez uma reverência antes de falar.

— Não preciso de recompensa. Eu só queria ajudar.

Sentiu o rubor tomar conta de seu rosto. Não queria ficar com toda a glória.

— Eu não teria conseguido sem Camelin.

— E ele não teria conseguido recuperar as placas sem você. Peça o que quiser e lhe será concedido, caso esteja ao meu alcance.

Jack balançou a cabeça. Realmente ficara satisfeito em ajudar. Não seria correto ganhar nada.

— Posso pedir uma coisa para outra pessoa?

— Claro.

— Poderia conceder uma varinha para Camelin?

Todos fitaram Jack. Camelin ficou de bico aberto, os olhos arregalados.

— Seria um prazer, mas que utilidade teria uma varinha para um aprendiz que nunca terminou seu treinamento? Depois que Camelin aprender a ler e a escrever, então, sim, vai ganhar uma varinha.

Jack sorriu quando Camelin se aproximou arrastando os pés diante de Nora. Pegou uma vareta no bico e escreveu seu nome na argila macia.

— Camelin — leu e, orgulhoso, estufou as penas.

Arrana fitou Nora.

— Jack vem ensinando Camelin a ler, mas eu não sabia que ele podia escrever também.

— Seu desejo será realizado.

Arrana voltou-se para Camelin.

— Tome esse ramo retorcido e o use de forma correta. Uma parte de Annwn sempre estará ao seu lado.

Camelin pegou a vareta retorcida da mão de Arrana e se curvou numa reverência.

— Obrigado — agradeceu Jack.

— Isso é tudo? Estou ficando cansada. Vocês têm muito a fazer em pouquíssimo tempo.

— Precisamos das placas que vem guardando — disse Elan.

— Ah, claro, as placas.

Arrana inclinou a cabeça devagar e apontou para uma dríade alta e esguia, de pele verde-clara e compridos cabelos castanhos.

— Cory vai lhes mostrar o local onde as placas estão escondidas. Agora preciso descansar.

Arrana suspirou profundamente quando a casca da árvore começou a tremular e balançar. Mantiveram-se em silêncio diante do tronco no-doso do velho carvalho até Cory dar um passo à frente.

— Podem me seguir?

Ela rapidamente os conduziu pelo declive. Precisaram correr para acompanhá-la.

— Chegamos — anunciou ao parar diante de um grupo de moitas com estranhos galhos retorcidos. De tão espessos, era impossível en-xergar através deles.

Cory entrou na primeira moita e desapareceu. Jack se perguntou se deviam fazer o mesmo, mas ninguém esboçou movimento algum para segui-la. Duas outras dríades apareceram e tocaram as folhas da moita na qual Cory entrara. Os galhos balançaram de um lado para outro, e uma abertura surgiu.

— Venham — disse Cory do outro lado.

Entraram numa clareira circular onde havia uma pedra grande no centro e outras, menores, ao redor.

— Este local é protegido pela mais profunda magia. Ninguém pode entrar aqui sem a permissão de Arrana — explicou Cory ao conduzi-los em direção ao centro.

O Portal de Glasruhen

Jack notou as marcas estranhas nas rochas, diferentes das que vira em torno do poço de Jennet. As gravações pareciam linhas perfurando a pedra. A mais alta tinha um buraco no meio. Cory enfiou as mãos no buraco e falou com ela. Ouviu-se um estrondo quando o chão se abriu na base da pedra. A dríade se curvou e retirou algo volumoso enrolado num pano. Depois, o chão voltou a se fechar.

— Acredito que seja disso que precisem — disse, oferecendo o pacote a Nora.

— Obrigada, Cory. Por favor, agradeça às arvores por cuidarem tão bem de minhas placas. Em breve, o caldeirão estará refeito, e iremos imediatamente a Annwn recolher as nozes. As hamadríades voltarão às florestas para proteger todas as árvores.

Cory se curvou e fez sinal para que atravessassem a estranha moita. Uma vez na floresta, Nora abriu o pacote e espalhou as placas sobre o chão.

— São o cumaí, o freixo e a bétula. Faltam apenas mais três. Podemos visitar Jennet?

Ao se aproximarem da fonte de Hawthorn, Camelin saiu saltitante e contornou o prado com o ramo preso no bico.

— Obrigado, Jack. Nem acredito que finalmente tenho uma varinha.

— De nada. Você merece.

Nora franziu a testa para Camelin.

— Quando você receber autorização para usar a varinha de condão, é melhor se unir a Jack para praticar. Não quero você aprontando bobagens por aí.

Percorreram o restante do caminho através da campina em silêncio, perdidos nos próprios pensamentos. Embora devesse se sentir exultante, Jack não conseguia parar de pensar em Arrana.

Nora já levara os lábios à água e chamava o nome de Jennet quando Jack e Elan chegaram à nascente. Observaram quando começou a borbulhar. Uma coluna de água se ergueu. Os cabelos emaranhados verdes apareceram, seguidos por uma náiade de aparência muito zangada.

— Faz menos de dois minutos que vieram aqui. O que foi agora?

— Jack tem uma pergunta — explicou Nora.

Irrequieto, Jack se adiantou, enquanto Jennet, impaciente, farejava o ar.

— Anda logo, vamos, não tenho o dia inteiro.

— Vim buscar as placas do caldeirão.

— Mesmo que estivessem comigo, por que as devolveria? Placas de caldeirão são objetos muito preciosos. Não existem muitas hoje em dia.

Elan deu um passo à frente.

— Temos algo de grande poder mágico, que pode torná-la ainda mais linda.

Jack percebeu o interesse de Jennet. Elan mostrou-lhe o vidrinho.

— A mágica está dentro.

Jennet esticou a cabeça e espiou o vidro.

— Que tipo de mágica?

— Mágica verde.

Camelin deu uma gargalhada, e Jack fez o possível para conter o riso.

— Mostre — sussurrou.

Elan abriu o vidro. O cheiro forte do esmalte invadiu o ambiente. Jennet farejou o ar; em seguida, colocou a língua para fora e provou o aroma penetrante.

— Tem grande poder mágico mesmo. Como funciona?

Elan exibiu as unhas e depois demonstrou a mágica, pintando uma das unhas de Jennet.

— É uma troca justa. Vou buscar as placas.

Todos riram após Jennet mergulhar na nascente. Podiam ouvir o estardalhaço vindo das profundezas da água. Então, bolhas subiram à

O Portal de Glasruhen

superfície, e Jennet reapareceu com a coleção completa de velhas placas de caldeirão. Nora não parecia satisfeita.

— Não são essas, não, Jennet. Jack entregou três placas e todas tinham árvores esculpidas. Não se lembra? Uma delas costumava ficar perto da fonte, tinha um espinheiro nela. As outras duas são semelhantes. Uma tem um carvalho gravado e a outra um salgueiro.

— Isso é tudo que tenho. Já examinei toda a minha coleção lá embaixo. Se eu tivesse a placa com o espinheiro, já a teria pendurado faz tempo. Além do mais, Jack nunca me entregou nenhuma placa para eu tomar conta.

— Dei sim, eu entreguei e você as atirou na nascente.

— Nascente?

— Aquela em Viroconium.

— Não foi para mim. Agora vou pegar meu vidro e me retirar. Estou muito ocupada hoje.

Nora desmanchou o embrulho que carregava.

— Dê uma olhada, Jennet, são parecidas com essas.

— Não tem nada parecido lá embaixo. Pode descer e procurar, se não acredita em mim.

— Você se importa de mergulhar e dar mais uma olhadela? — implorou Jack.

— Eu sei muito bem o que guardo nos armários, Jack Brenin, e fique sabendo que eu tenho certeza de que você nunca me entregou nenhuma placa de caldeirão. Eu jamais me esqueceria.

A água começou a borbulhar e ferver e, de súbito, Jennet desapareceu.

— Eu tinha certeza de que era Jennet. Você também achou que fosse ela, não é, Camelin?

— Estava escuro, podia ser qualquer ninfa aquática, são todas malhumoradas. Quem viu uma viu todas.

— E agora? — perguntou Jack a Nora.

— Espere um pouquinho. Ela vem buscar o vidrinho de esmalte.
— Quanto precisamos esperar? Você disse que corríamos contra o tempo. Precisamos das placas o mais rápido possível, né?

PROBLEMAS

— E o meu símbolo? — perguntou Camelin, espiando a fonte de Jennet.

— Receio que tenha de esperar. Recuperar as placas é muito mais importante — argumentou Nora.

Camelin emburrou.

— Mas esperei tanto tempo por uma varinha.

— Esperar um pouco mais não vai fazer muita diferença, certo?

Camelin respirou fundo.

— Será que não podia...?

— Não e ponto final. Um dia desses, você vai ter a sua marca.

Jack andava de um lado para o outro diante da fonte.

— Você acha que ela se esqueceu das placas?

— As ninfas aquáticas costumam ter péssima memória — disse Elan. — Talvez ajude se você lembrá-la do que aconteceu quando ela retornar.

— E ela vai voltar?

Antes de Elan responder, começaram os borbulhos. Nora parou à beira da água, preparada, tão logo Jennet reapareceu.

— Não acredito que nossa conversa tenha terminado, certo? Jack gostaria de lhe fazer uma pergunta.

— Mas eu já disse. Não tenho mais nenhuma placa de caldeirão.

— Você tem alguma armadura? — perguntou Jack.

— Armadura? E de que me serviria uma armadura?

— O prefeito do campo Viroconium possuía armadura e armas reluzentes. Achei que fosse o tipo de objeto que uma náiade apreciasse.

— Algumas, mas não eu. Eu sempre me mantive longe dos romanos.

— Alguma vez foi a Viroconium?

— Nunca.

Jack suspirou. Não conseguia chegar a lugar algum. Elan apoiou a mão no ombro dele e deu um passo à frente.

— Quem poderia estar na nascente em Viroconium?

— Como posso saber? Como ela era?

— Era muito parecida com a senhora — disse Jack nervoso.

Jennet passou os longos dedos verdes pelo rosto antes de encarar Jack.

— Tão bonita quanto eu?

Jack estava prestes a responder que por causa do escuro não conseguira vê-la direito, mas Camelin o interrompeu antes que ele dissesse qualquer coisa.

— Não chegava nem perto da beleza da senhora, e o cabelo era muito mais verde.

— Hum, não tão bonita, cabelo mais escuro, algumas centenas de anos atrás, em Viroconium. Esperem um pouco. Volto já.

— Acha que ela sabe quem é? — indagou Jack.

— Acho que sei o que ela foi buscar — respondeu Nora. — Jennet gosta de estar bem-informada, então guarda uma lista de todas as ninfas aquáticas. No caso de alguma ser mais bonita do que ela!

— Vejamos — anunciou Jennet ao voltar à tona. — Minha lista.

O Portal de Glasruhen

Trazia três lousas de ardósia na mão. Jack viu que a primeira tinha estranhas marcas rabiscadas, semelhantes aos riscos vistos nas pedras mais cedo. Jennet tossiu antes de começar a ler os nomes:

— Isen, Nymet, Myryl, Kerrin, Coriss, Uriel, Lucie...

— Quantos nomes há na lista? — perguntou Elan.

— Nomes demais — resmungou Camelin.

Nora lançou-lhe um olhar de reprovação e, em seguida, sorriu para Jennet.

— Poderia descobrir para nós, sem demora, qual ninfa pode ter sido?

— Minha tarefa não consiste em obter informações; para isso precisa de um Bogie* — respondeu Jennet, entregando abruptamente as lousas com as listas para Nora antes de desaparecer uma vez mais na fonte.

— Acho que vamos ter de fazer uma visitinha a Peabody. Esperava não ter de vê-lo tão cedo.

— Você não pediu a ela o meu sinal? — resmungou Camelin.

— E ela não pediu o... — começou Elan, um segundo após a súbita erupção de bolhas.

— Minha mágica verde... — cantarolou Jennet estendendo os dedos compridos na direção de Elan.

— Meu símbolo — pediu Camelin.

— Um símbolo? Mas posso saber para que precisa de um?

— Camelin agora tem uma varinha — explicou Jack.

Jennet pareceu surpresa.

— Em troca do símbolo, posso ganhar o vidrinho mágico?

— Claro — concordou Nora.

Jennet inclinou-se na beira da fonte e farejou o ar.

---

* Bogie — duendes que adivinham os segredos para depois trocá-los por algo que desejem. (N.T.)

— Aqui está. Venha e toque aqui.

Camelin aproximou-se e encostou a ponta do bico na rocha. Houve um súbito clarão, e um símbolo, cravado a fundo na pedra, começou a brilhar. A ponta do bico de Camelin também cintilou.

— Está quente, está quente — gritou Camelin saltitante.

Faíscas voaram da ponta de sua varinha. Uma delas foi parar na cabeça de Jack, provocando um forte cheiro de cabelos queimados.

— Estou pegando fogo! — berrou Jack.

Nora encheu a mão de água e molhou a cabeça dele.

— E você disse que eu era perigoso com a minha varinha! Veja só o que fez com a sua: botou fogo nos meus cabelos.

— Podem parar os dois — repreendeu-os Nora. — Foi um acidente. Seus cabelos logo voltam a crescer, Jack. É só uma carequinha.

— Não dá para fazer meus cabelos crescerem com mágica? — perguntou Jack.

— Não tenho um grande estoque de mágica sobrando no momento. Estou tratando de salvar o pouco que me resta para quando for necessário. Além do mais, usar a mágica para fazer cabelos crescerem não é recomendável. Nunca se sabe o que pode acontecer. E se os seus cabelos nascerem cor-de-rosa? Melhor deixar que cresçam de modo natural.

Camelin soltou uma gargalhada. Um som áspero e estranho vindo do poço demonstrou que Jennet também ria. Impaciente, mexeu os dedos. Tão logo Elan colocou o vidrinho em sua mão, ela desapareceu.

— Bem, parece que temos um problema — suspirou Nora. — Não esperava por isso. Achei que poderíamos refazer o caldeirão ainda hoje à tarde.

Elan olhou as listas.

— Precisamos encontrar Peabody. Não nos sobra tempo para visitar todas as ninfas dessa lista.

— Nós vamos procurá-la — ofereceu-se Jack, sorrindo para Camelin.

— Quem? Nós?

O Portal de Glasruhen

— Sem dúvida vai ser mais rápido se voarem — disse Elan.

— Levaremos as suas roupas e as varinhas. Voltem para casa assim que obtiverem de Peabody a informação de que precisamos — avisou Nora. — Com sorte, talvez não precisem procurar longe; talvez ele ainda esteja na Gnori da Floresta de Newton Gill.

Camelin e Jack se transformaram e partiram em direção à Floresta de Newton Gill.

Pousaram num dos galhos mais baixos das Gnarles, as árvores ocas.

— Olá! — exclamou Jack.

— Olá! — respondeu uma voz sonolenta da árvore onde haviam pousado.

— Você viu Peabody? — perguntou Jack. — É aquele Bogie de quem vocês me salvaram da última vez que vim aqui.

— Tenho ótima memória para rostos, mas não me lembro de ter conversado com nenhum corvo ultimamente.

— Sou Jack. Jack Brenin.

A gnarle abriu bem os olhos e espiou Jack.

— Ele agora é um menino-corvo como eu — explicou Camelin.

— Um menino-corvo? Mas por que não disse antes? Você veio cantar de novo para nós. Você tinha prometido.

— No momento, estamos com um pouco de pressa. Precisamos encontrar Peabody. Ele ainda mora na Gnori?

— Ah, sim, ainda está lá. Arrumou tudo desde que você veio aqui da última vez. Instalou uma porta nova. Muitas idas e vindas. Tem havido muito movimento na floresta, mas ninguém presta atenção na gente. Seria maravilhoso ouvir de novo uma canção, agora que você está aqui.

— Bem, talvez um verso, mas depois precisamos ir embora.

— Que tal aquela que começa no final? — perguntou Camelin.
— Sabe de qual estou falando, não sabe? Sobre um velho e a barba do queixo. Gosto daquela porque não termina nunca.

Jack assentiu. Conhecia a música que Camelin queria cantar. Voaram até o chão e começaram a grasnar em voz alta:

Era uma vez um homem chamado Michael Finnegan,
Ele deixou crescer o bigode.
O vento veio e enfiou de novo para dentro o bigode.
Pobre Michael Finnegan. (Repete tudo)

A gnarle os interrompeu.
— Ótimo. Não precisa começar de novo. Não avisou que estava com pressa? Quem sabe, quando tiver mais tempo e voltar a ser menino, você volta e canta para nós?
— Prometido — disse Jack, levantando voo junto com Camelin na direção da Gnori.
— A árvore tinha razão. Em vez de um buraco no tronco do velho carvalho, Jack encontrou uma porta novinha em folha. Uma placa com garranchos em letras maiúsculas anunciava:
"NÃO ESTOU EM CASA" — leu Camelin antes de bater na porta com o bico.
— Não sabe ler? — gritou uma voz zangada de dentro. — Não estou em casa.
— Sei ler e é óbvio que *está* em casa.
— Não para visitas.
— É importante. Viemos numa missão a pedido de Nora — grasnou Jack.
Ouviram-se passos apressados seguidos pelo barulho da abertura de ferrolhos. Por fim, uma chave girou na fechadura, e a porta foi entreaberta. Um comprido nariz apareceu pela fenda.

O Portal de Glasruhen

— Da Grande Seanchai, foi o que disse?

— Ande logo e nos deixe entrar. É importante — grasnou Camelin.

— Ela precisa de sua ajuda — explicou Jack.

— De minha ajuda? Por que não disse logo? Entrem, entrem. Fiquem à vontade. Sigam pelo túnel.

A porta bateu e foi trancada.

— Aqui estamos — anunciou Peabody ao entrarem numa sala espaçosa.

Algumas das raízes da árvore oca acima furavam as paredes, servindo de ganchos para uma fileira de chapéus. Sobre a mesa, uma coleção de moedas e coisas brilhantes que Peabody num piscar de olhos cobriu com um pano.

— Isso me lembra o túnel dos Spriggans* — disse ao olhar as paredes lisas.

— Na certa porque os Spriggans a construíram. Uma espécie de compensação por meu irmão me meter em tantas enrascadas.

Peabody esfregou o comprido nariz antes de recomeçar.

— Bem, em que posso ajudá-los?

— Precisamos saber qual náiade esteve na nascente em Viroconium — explicou Jack.

Peabody coçou o queixo.

— Isso já faz muito tempo. Vou precisar de meu chapéu pensante.

— Chapéu pensante? Achei que a maioria das pessoas usava *a cabeça* para pensar! — disse Jack contendo o riso.

— Você disse bem, *a maioria das pessoas*. Agora, deixe-me ver... Qual deles me leva a algumas centenas de anos atrás?

Peabody andou de um lado para o outro diante da fileira de chapéus antes de escolher o mais surrado.

---

* Spriggans — criaturas lendárias da mitologia celta, conhecidas por sua feiura. Viviam em ruínas e túmulos e tinham a fama de ladrões. (N.T.)

— Costumava ter uma pena linda na faixa. Por acaso algum dos dois teria uma pena disponível...?

— Não, de jeito nenhum — retrucou Camelin. — Agora, se não se importar, pode nos dar logo a resposta? Não temos tempo de sobra.

Peabody colocou o chapéu, sentou-se num toco de árvore e fechou os olhos.

— Você disse Viroconium?

— Viroconium — confirmaram Jack e Camelin em coro.

Peabody ficou resmungando pelo que pareceu um tempão. Afinal, ergueu-se e trocou de chapéu.

— E então? — perguntou Camelin ansioso.

— Pesquisei todas as ninfas aquáticas de que me lembro. Só conheço três que moraram a oeste daqui. Pode ser Coriss ou Myryl ou Uriel. Elas são ondinas, preferem poços e nascentes.

— Fantástico — resmungou Camelin. — Três ninfas.

— Melhor do que ter de consultar todos os nomes da lista de Jennet — sussurrou Jack.

— Espero ter ajudado. Por gentileza, não se esqueçam de contar à Grande Seanchai como fui útil e prestativo.

— Deixe por nossa conta, mas agora é melhor irmos embora. Obrigado — disse Jack.

Peabody os conduziu à porta da frente. Tão logo a porta foi fechada, ouviram a chave e os trincos sendo passados.

— Vocês agiram muito bem — disse Nora quando eles lhe contaram sobre o encontro com Peabody. — Agora se transformem e vamos pensar a respeito.

— Já encontrou alguma dessas ninfas antes? — perguntou Jack a Camelin enquanto se vestia.

O Portal de Glasruhen

— Só Myryl, mas já faz muito tempo. Anda logo! Vamos apostar uma corrida até lá embaixo?

Não se podia chamar aquilo de corrida. Camelin voou enquanto Jack teve de descer as escadas. Ao chegar à cozinha, Elan e Nora já discutiam sobre as ninfas da lista de Peabody.

— Myryl não é especialista em caldeirões? — perguntou Elan.

— Você tem razão. Vamos começar com ela, pois entende tudo de caldeirões. Devemos visitá-la primeiro, mas faremos isso amanhã. Já é tarde, Jack, é melhor você voltar para casa. Teve uma semana muito movimentada, e amanhã é dia de aula.

— Mas eu queria ir com vocês.

— Não podemos ir sem você — comentou Elan.

Nora concordou.

— Se você entregou alguma coisa a uma ninfa aquática, é você quem precisa pedir que devolva. Também precisa de algo para a troca, algo especial.

— O que posso oferecer pelas placas? Acha que ela também vai gostar de esmalte?

Nora meneou a cabeça.

— Pelo que me lembro de Myryl, ela gosta de coisas grandes e é bem mais sociável que Jennet. Adora conversar...

— Adora falar, falar e falar — interrompeu Camelin. — É pior do que Timmery.

— E isso não é bom? Pelo menos contará tudo o que sabe — argumentou Jack.

— Seria, caso conseguisse se concentrar numa coisa de cada vez, mas ela vai pulando de um assunto para outro. De vez em quando volta ao que interessa, mas isso pode demorar um bocado.

— Ao menos não se importa em receber visitas — continuou Nora.

— Eu disse que ela é igualzinha ao Timmery — resmungou Camelin para si mesmo.

— Então o que devo dar de presente a ela?

— Precisamos pensar, mas tenho certeza de que vamos encontrar uma solução.

— Se Myryl é especialista em caldeirões, precisamos oferecer algo similar — disse Elan pensando alto.

— Que tal um daqueles baldes que se vende nas lojas na época de Halloween? Aqueles que a gente leva para brincar de doces ou travessuras e guardar todas as balas — sugeriu Jack. — Podíamos jogar um spray prateado por cima.

Camelin ergueu a cabeça e saltitou até Jack.

— Tem gente que põe balas num balde? Você tem um? Quando podemos ir? Não podemos dar um para Myryl se é para doces!

— Com certeza, não — retrucou Nora. — Jack, sei a que baldes se refere. Apesar de terem o formato certo, o material é errado. Em geral, são de plástico preto. Precisamos de algo brilhante e metálico senão a pintura logo some dentro da água.

— Então uma caçarola das grandes e com duas alças, iguais às da cozinha da escola — continuou Jack.

— É uma possibilidade — respondeu Nora —, mas mesmo assim ainda não acho que seja grande o bastante.

— De que tamanho são os tais baldes? — perguntou Camelin a Jack. — Aqueles para recolher doces?

Jack mostrou o tamanho com as mãos.

— Mais ou menos do tamanho de uma bola de futebol.

— Não é tão grande assim. Não podíamos usar uma lixeira? Dava para guardar mais doces nelas.

— Que ideia brilhante! — exclamou Nora.

Camelin ficou de bico aberto.

— Está falando sério? Vai conseguir uma lixeira?

— Uma lixeira seria o ideal — concordou Elan. — Mas não pode ser de plástico; precisamos de uma antiga com reforço e galvanizada.

O Portal de Glasruhen

Jack percebeu que a troca por uma lixeira brilhante galvanizada seria incrível.

Camelin parecia animado. Pulava de um pé para o outro.

— Quando podemos sair e pegar doces?

— Que doces? — perguntaram todos.

— Os doces para guardar na minha lixeira.

— A lixeira é para Myryl. Por acaso não prestou atenção? — indagou Nora. — Amanhã bem cedo vou à cidade comprar uma. Depois passo na casa de seu avô, explico que planejamos um passeio e que você foi convidado. Vamos buscá-lo logo depois da aula e seguimos ao encontro de Myryl.

— É longe? — perguntou Jack.

Elan pegou o mapa de Nora do armário e o abriu sobre a mesa.

— Ela mora por aqui, numa nascente acima dos lagos, perto da fronteira com o país de Gales. Antigamente, existiam muitos lagos nessa região. As pessoas construíam fortes nas colinas, mas isso faz muito tempo. Agora não sobrou muita água.

Jack fitou Camelin, que nem sequer olhara o mapa.

— O que foi? — perguntou.

— Nada.

Nora riu.

— Ele vai ficar bem quando superar a perda da lata de lixo cheia de doces que nunca teve!

Da janela de seu quarto, contemplou a noite cair. Uma tempestade se preparava a distância. Jurava que o avô lhe perguntaria sobre o fim de semana, mas em vez disso ele lhe contou novidades sobre o clube de jardinagem e os preparativos para entrar na competição daquele ano. Jack ficou aliviado por não ter de narrar nada do que fizera. Não podia contar suas peripécias ao avô. Na verdade, não poderia contar nada a ninguém. Achariam que ele havia enlouquecido, sobretudo se contasse que voltara no tempo até o período da invasão da Bretanha pelos romanos.

Ao se recolher, a chuva batia nas janelas. Jack gostaria de ter Camelin ao seu lado para conversar; sentia falta de sua companhia, mas era pouco provável que o corvo deixasse o sótão quentinho numa noite daquelas. Um raio ribombou, e Orin subiu no parapeito da janela para contemplar o temporal com Jack. Orin sobressaltava-se toda vez que um raio caía e começou a tremer quando o trovão explodiu. O barulho da chuva nos vidros era ensurdecedor.

— Não se preocupe, o temporal não vai lhe causar nenhum mal — consolou-a, estendendo o braço para que ela subisse e se sentasse em seu ombro. — Espero que o tempo melhore, pois amanhã vamos visitar Myryl.

Jack se preparava para ir para a cama quando seu *Livro de Sombras* vibrou.

Elan devia ter lhe mandado uma mensagem. Abriu o livro na primeira página e observou o texto surgir aos poucos. Abriu um sorriso. Não era de Elan.

Tenho um livro só meu pra escrevê Entaum
pode escrevê hoje de noite pra eu num me molhá.

Jack riu. Camelin podia ter aprendido a ler, mas ainda precisava de um bocado de prática na escrita. Escreveu a resposta:

Vejo você amanhã.

Não precisou esperar muito pela resposta:

Quantas balas acha que cabem numa lichera?

O Portal de Glasruhen

Jack riu e respondeu:

Depende do tamanho da lixeira.

Não recebeu mais mensagens. Deitou, mas encontrou dificuldade em pegar no sono. Ficou imaginando se Camelin sonhava com latas de lixo abarrotadas de doces. Talvez tivesse sido melhor recolher as placas logo depois de atravessarem a janela do tempo. Hoje deveriam estar celebrando e planejando a ida a Annwn. Jack não conseguia conter a expectativa. Como aguentar um dia inteiro na escola? O que aconteceria quando encontrassem Myryl? Ela devia estar com as placas. Ou não?

MYRYL

— Aqui, Jack! — chamou Elan acenando do final da rua.

Jack apressou o passo, esquivando-se das outras crianças e dos pais reunidos do lado de fora dos portões.

— Nossa, que dia comprido. Achei que nunca terminaria. Tem tudo de que precisamos?

— Estamos prontas. Nora estacionou lá na esquina.

Jack entrou na parte de trás do carro e viu uma enorme lixeira brilhante no banco, ao lado de um objeto enrolado. Jack presumiu ser uma das placas do caldeirão.

— Cadê Camelin?

— Aqui. — A voz abafada saiu de dentro da lixeira.

— Posso saber o que está fazendo aí dentro?

— Nora me obrigou a entrar aqui. Segundo ela, devo ser inconspícuo, seja lá o que isso queira dizer. Mas eu posso lhe dizer como estou: um bocado desconfortável.

Nora riu.

— Você não vai ficar aí por muito tempo. Assim que deixarmos Newton Gill você pode sair. Trouxe um par de galochas velhas de Elan

O Portal de Glasruhen

para você, Jack. Acho que a nascente deve estar enlameada depois do temporal de ontem à noite.

— Obrigado. Demora até chegar lá?

Elan lhe estendeu um mapa da estrada.

— Vamos para o noroeste. Deve levar cerca de meia hora, mas não sabemos em qual nascente vamos encontrar Myryl. Camelin pode fazer um voo de reconhecimento quando chegarmos lá.

— Já posso sair desse negócio?

— Pode, acho que aqui estamos a salvo — respondeu Nora.

Em meio a tanta empolgação, Jack se esquecera de contar as novidades a Camelin.

— Entrei para o coro da escola. Semana que vem começamos os ensaios para o espetáculo do fim do semestre. Também fui convidado para cantar uma música solo.

Todos o congratularam.

Jack acordou sobressaltado. Devia ter cochilado.

— Como você roncou — disse Camelin.

— Desculpe. Quase não dormi a noite passada e está quente aqui no carro.

— Não perdeu muita coisa.

— Estamos quase chegando — informou Nora. — Você precisa acompanhar Camelin para explorar a área. Tente os lugares óbvios primeiro. Ela deve estar em algum ponto sossegado. Gosta de visitantes, mas não de multidões.

Nora estacionou o carro perto de uma campina. Abriu a porta, e Camelin voou em direção ao centro, onde havia um pequeno morro coberto de árvores.

— Esta área costumava ficar submersa, exceto esses dois morros — explicou Elan a Jack apontando na direção para onde Camelin se dirigira. — Costumavam ser unidas por um passadiço. Os Cornovii moravam aqui; faziam parte do mesmo grupo que vivia em Glasruhen. O lugar foi abandonado mais ou menos na época da invasão dos romanos.

Jack olhou a pequena elevação.

— Não parece nada com um forte.

Nora suspirou.

— Costumava ser um local magnífico. Daqui se viam a barragem e as residências circulares refletidas na água. Tudo o que restou foi um laguinho. Impossível imaginar que pessoas viveram aqui no passado.

— Como é Myryl? — perguntou Jack.

— Parecida com Jennet. A maioria das náiades se parece, por isso seria natural confundir a ninfa que viu em Viroconium com qualquer outra. Faz muito tempo desde que vi Myryl pela última vez, mas acredito que não deva ter mudado muito.

Jack se perguntou se Myryl seria mais bem-humorada que Jennet.

— Sabe, não tenho certeza se Myryl poderá nos ajudar — comentou Elan. — Venho pensando no assunto desde ontem. A distância entre Glasruhen e Viroconium é muito grande.

— É a nossa única pista. Não nos resta outra escolha senão esperar e ver o que ela tem a dizer... Isso se Camelin conseguir encontrá-la — disse Nora.

Nesse exato momento Camelin voou em círculos acima de suas cabeças e grasnou: — Então é para já. Descobri onde ela está.

Calçaram as galochas. Jack e Elan retiraram a lixeira do carro, e Nora apanhou a placa do caldeirão embrulhada. Camelin seguiu voando na frente para lhes mostrar o caminho. Era preciso andar com cuidado

O Portal de Glasruhen

na descida da trilha ao lado da campina, muito enlameada por causa da chuva. Camelin pousou numa árvore próxima e esperou pela chegada dos demais.

— Acho que seria melhor esconder essa lata de lixo atrás daquela árvore grande ali. Caso ela veja logo o presente, é capaz de se distrair — sugeriu Nora.

Jack e Elan se certificaram de que a lata de lixo não pudesse ser vista e seguiram Nora até a margem da nascente. A druidesa ajoelhou-se e colocou os lábios na água. Jack mal conseguia entender as palavras pronunciadas que formavam bolhas na superfície.

— Myryl, você tem visitas.

— Isso vai fazer com que ela apareça — riu Elan.

Não esperaram muito até começar a borbulhar. O vapor de cada bolha subia até a superfície. Uma coluna de água irrompeu do lago para depois sumir. Em seu lugar, surgiu uma sorridente náiade. Tão logo viu os cabelos de Myryl, Jack se deu conta de seu erro. Eram muito mais escuros do que os de Jennet, quase da cor de uma garrafa verde, e ela não parecia ter tantas raízes e galhos enroscados na cabeleira. Também era mais baixa e não tão esbelta, mas tinha o mesmo tom de pele verde e estranhos olhos oblíquos. Entretanto, a principal diferença era a cordialidade.

— Myryl... — começou Nora, sendo logo interrompida.

— Ai, que maravilha! Visitas! Adoro visitas!

Myryl acenou para Nora e fez uma exagerada reverência diante de Elan. Parecia sinceramente satisfeita em vê-los. Nora tentou novamente.

— Você tem...?

— Nossa, quanto tempo faz? — perguntou Myryl apressada. — Deve ter pelo menos algumas centenas de anos desde que nos falamos pela última vez. Como o tempo voa.

Nora abriu de novo a boca para falar, porém mais uma vez Myryl se antecipou.

— Esse é um prazer inesperado. As últimas pessoas que estiveram aqui vieram para cavar o meu brejo. Roubaram um de meus melhores caldeirões, juro. Isso não vai se repetir. Nem perguntaram, nem tentaram uma troca. Que gente grosseira... Só me dei conta quando vi os homens carregando o caldeirão pelos campos. Agora, deixe-me ver... Isso mesmo. Deve fazer uns cem anos. Depois outras pessoas também vieram aqui, vocês sabem, pretendiam construir sei lá o quê no morro. Deixaram cair os sinos no lago quando me viram; preguei um baita susto neles. Nunca mais voltaram. São uns sinos lindos, pesados; foi muita gentileza deixarem os sinos para mim, não acham? Embora não tivessem o mesmo valor que os caldeirões; não compensaram a minha perda. Já mencionei isso?

Por fim, fez uma pausa, e Nora conseguiu falar.

— Viemos aqui justamente para falar sobre caldeirões, pois ouvimos dizer que você é uma especialista no assunto e...

Myryl pareceu animada e, sem ouvir o que Nora tinha a perguntar, falou sobre os diferentes tipos de caldeirão em seu poder. Na pausa seguinte, Nora conseguiu completar a pergunta.

— Queríamos saber se você tem algum parecido com esse na sua coleção — disse, sem perder tempo, enquanto desfazia o embrulho.

Myryl cheirou o ar e esticou o pescoço para inspecionar a placa do caldeirão mais de perto.

— Mas esse é velho, não vale nada, a não ser que estivesse completo. Não dou importância aos caldeirões em pedaços, apenas aos inteiros.

Myryl esticou os braços e deslizou os compridos dedos verdes na árvore gravada. Elan cobriu a mão de Myryl para lhe atrair a atenção.

— Talvez alguém tenha lhe dado três desses há milhares de anos e você resolveu incluí-los na sua coleção.

— Não teriam a menor utilidade para mim. Acho que não tenho nenhum incompleto, mas vou dar uma olhada.

Myryl desapareceu num chafariz de bolhas nas profundezas de sua casa submarina.

O Portal de Glasruhen

— Acha que estão com ela? — perguntou Jack.

— Acho que não — respondeu Elan. — Antes de continuar a conversa, precisamos perguntar se ela já esteve em Viroconium.

Nora concordou.

— Você a reconheceu? — perguntou Elan.

— Definitivamente não era ela. A outra não era tão cordial. Sei que foi por um instante apenas, mas a ninfa na nascente em Viroconium era... bem, digamos assim, agressiva.

— E forte — acrescentou Camelin. — E, sem dúvida, fã de armaduras. Não ficaria nada surpreso se a ninfa que procuramos for dona de uma coleção, mas garanto que não é de caldeirões.

— Talvez tenha razão — concordou Nora. — Vamos perguntar quando ela voltar.

Pouco depois, Myryl subiu à superfície com vários pedaços de metal na mão. Atirou-os na grama, aos pés de Nora. Ansiosos, cercaram o material que ela trouxera.

— Esses são os únicos pedaços soltos que tenho.

A maioria dos pedaços de metal fazia parte de escudos enferrujados e retorcidos. Nada nem remotamente parecido com a placa de caldeirão que Nora trazia na mão. Com cuidado, empilhou os objetos. Jack os devolveu a Myryl que, sem cerimônia, os jogou dentro da água.

— Só gosto de caldeirões completos. Não me importa o tamanho nem o formato, mas devo confessar minha preferência pelos maiores. Hoje em dia é difícil conseguir um.

Antes que Myryl pudesse voltar a respirar, Elan desviou sua atenção e lhe perguntou sobre a nascente em Viroconium.

— Ah, essa não! — exclamou em tom estridente. — Nunca cheguei nem perto daquele lugar horroroso onde os romanos construíram um forte em torno da nascente; arruinaram a paisagem; permaneci o mais afastada possível dos romanos; eles afugentaram todo mundo daqui, vocês sabem. No fundo me fizeram um favor porque desde então o local ficou uma maravilha de silencioso, mas o único problema é que hoje em dia não aparece nenhum visitante e ninguém mais deixa cair coisas na nascente, por isso a minha coleção de caldeirões está se desgastando.

Afinal Myryl parou para retomar o fôlego.

Jack ficou matutando que as ninfas aquáticas deviam ter pulmões poderosíssimos para conseguir dizer tanta coisa numa só frase, sem uma única pausa.

— Faz ideia de quem possa ter vivido em Viroconium? — perguntou Elan antes que Myryl voltasse a falar de sua coleção de caldeirões.

— Claro. Só pode ter sido Coriss; sempre foi louca por espadas e adagas.

Foi uma surpresa para todos Myryl não prosseguir. Seu silêncio criou um ar de expectativa. Nora sorriu.

— Temos um presente para você, em agradecimento por sua valiosa informação.

Jack se deu conta de que Myryl esperava pelo presente, mas, diferentemente de Jennet, era educada demais para pedir. Jack acompanhou Elan, e apanharam a lixeira do esconderijo.

— Acha esse objeto aceitável? — inquiriu Nora. — Esperávamos que você tivesse as placas do caldeirão, mas sua informação foi muito valiosa.

O sorriso de Myryl se alargou. Jack viu uma fileira de dentes verdes cintilantes.

— É maravilhoso! Quanta gentileza! Nunca vi nada parecido antes, deve ser muito valioso. Não conheço ninguém que tenha algo parecido.

Nora sorriu quando Myryl recebeu a lixeira e a prendeu entre os braços.

— Só uma última perguntinha antes de irmos embora: onde podemos encontrar Coriss?

Myryl franziu a testa pensativa.

— Hum, não tenho certeza. Na verdade, já faz algumas centenas de anos desde que nos encontramos. Ela não fala com quase ninguém,

O Portal de Glasruhen

prefere a própria companhia. Da última vez que esteve aqui, ela me ofendeu, me acusou de falar demais. Vê se pode...

Jack e Camelin tiveram de se controlar para não cair na gargalhada.

— Conhece alguém que possa nos informar onde Coriss vive hoje em dia? — perguntou Elan.

Myryl franziu o cenho e começou a resmungar com os próprios botões. Jack conseguiu entender alguns dos nomes da lista que Jennet havia lido para eles. Pensativa, balançou a cabeça antes de responder.

— Jennet talvez saiba, ela sempre manda seus amigos Bogies para nos espiar. Gosta de saber a localização de todo mundo e o que fazem, mas basicamente para se certificar de que nenhuma de nós é mais linda do que ela pensa que é. Sempre foi muito vaidosa, sabem? Ela é muito convencida e ainda por cima vive de mau humor.

Jack mostrava-se inclinado a concordar com Myryl; sua descrição de Jennet fora bastante precisa.

— E Uriel? — perguntou Nora.

Myryl agarrou a lixeira e balançou a cabeça com vigor.

— Vocês não vão querer perturbá-la, ela é perigosa.

Todos assentiram, entretanto Myryl permaneceu muda.

Nora embrulhou com cuidado a placa do caldeirão.

— Melhor irmos andando.

— Tão cedo? — perguntou Myryl, parecendo sinceramente desapontada por irem embora. — Mal tivemos tempo de conversar; vocês nem me contaram suas novidades.

— Outra hora — retrucou Nora.

— Venham me visitar quando bem entenderem porque sempre disponho de tempo para um papinho, e é tão bom receber visitas, principalmente quando trazem presentes tão lindos. Não se esqueçam de voltar em breve.

Jack tinha certeza de que ela ainda falava enquanto desapareceria com a lixeira numa onda de bolhas.

53

Nora sentou-se à margem do lago.

— Esse encontro me deixou exausta!

Camelin voou e posou aos pés de Nora.

— Agora entende como me sinto quando Timmery aparece; ele fala tanto quanto ela.

— Não, ele não é tão terrível — riu Elan.

— Se é, principalmente quando começa às duas da manhã.

— O que aconteceu agora? Pensei que tivessem resolvido suas diferenças.

— Eu também, mas ele voltou a aparecer hoje de manhã, querendo conversar enquanto eu tentava dormir.

— Imagino que ele quisesse ouvir mais uma vez sobre sua viagem ao passado — disse Elan com toda a gentileza.

— Bem, eu disse a ele que só recebo visitas depois do café da manhã.

— Por que não vão até o campanário ao anoitecer? — sugeriu Nora. — Assim ninguém vai estar cansado, e você pode contar de novo sua aventura a Timmery e a Charkle.

— Posso ir com Camelin? — perguntou Jack. — Voltamos no final da tarde.

Nora consentiu.

— Aposto que eles ficarão felizes com a visita. Mas não demore, porque amanhã você tem aula de manhã. Elan e eu vamos tentar descobrir um meio de conversar com Uriel. Precisamos encontrar Coriss com urgência.

— Podemos dar uma volta? — pediu Camelin ao se aproximarem de casa. — Podemos ir direto ao encontro de Timmery e Charkle em vez de passar primeiro em casa.

O Portal de Glasruhen

— Nada de desvios de rota — avisou Nora.

— Não se preocupe. Prometo voltar direto para o sótão depois de sair do campanário.

— Então podem ir — disse Nora, uma vez que Jack tinha se transformado.

Era uma tarde perfeita para voar e era um alívio poder aproveitar o ar livre depois de enfrentarem a temperatura abafada no carro. Ao levantar voo, Jack aspirou o ar fresco. Que delícia sentir a brisa nas penas... O carro de Nora percorria as estradas sinuosas do campo, mas logo ele o perdeu de vista ao seguir Camelin. Jack se deu conta do quão sortudo era por poder voar. Desde a mudança para a casa do avô, tudo acontecera de modo tão rápido que ele não tivera tempo de curtir a sensação de voar. Mas hoje era diferente. Que maravilha!

— Podemos repetir o passeio depois que conseguirmos recuperar as placas e tudo for resolvido? — perguntou a Camelin.

— Que pergunta! Claro, sempre que quiser. Nada como um voo ao anoitecer, sobretudo nesta época do ano.

Vislumbraram o campanário da igreja onde Timmery e Charkle moravam. Sem dúvida, Timmery ficaria satisfeito ao vê-los. O morceguinho, assim como Myryl, adorava visitas.

Ao circularem o campanário, Camelin chamou Timmery e Charkle. Não houve resposta. Ao pousarem, Camelin voltou a chamá-los.

— Parece que não estão em casa. Aonde podem ter ido? — indagou Camelin.

— Não achei que viríamos direto para cá. Eu imaginei que você tinha algum plano em mente!

— Quem, eu?

— Bem, se não estão aqui, é melhor voltarmos para casa.

— Se não estão aqui, podemos ter uma conversinha antes de voltar.

Jack fitou Camelin.

— Você sabia que eles não estariam aqui, não é?

Camelin tentou fazer cara de inocente.

— Timmery me contou hoje de manhã que sairia com Charkle ao anoitecer; ele está ajudando o dragãozinho a procurar pela família, então eu sabia que estaríamos sozinhos aqui e ninguém nos escutaria.

— E daí?

— E daí que, quando você voltar para o seu quarto, eu podia aparecer para um voo noturno. A noite está perfeita. Que tal? Ninguém vai dar falta de você.

Jack pensou um instante. Não gostava de fazer nada escondido do avô, mas tinha certeza de que ele nem notaria a sua ausência.

— Combinado, mas não pode ser demorado. Tenho aula amanhã de manhã.

— Será um voo noturno curto. Vamos nos divertir um pouco, e você vai estar na sua caminha antes do que possa imaginar. Vamos, quanto antes a gente voltar para casa, mais cedo podemos sair de novo, mas deixa que eu me encarrego de falar na Casa Ewell.

Nora e Elan estavam entretidas conversando na biblioteca quando Jack desceu do sótão.

— Já estão de volta? — perguntou Nora.

— Eles não estavam lá, mais tarde tentaremos de novo — respondeu Camelin, piscando para Jack.

— Já vou. Vejo vocês amanhã.

Nora e Elan deixaram de lado a pilha de livros e documentos, e foram se despedir.

— Somos realmente muito gratas por toda a sua ajuda. Nunca teríamos conseguido sem você — disse Nora.

— Vamos encontrar as placas que faltam, não vamos?

— Claro, é só uma questão de tempo.

Elan repousou-lhe a mão no ombro.

— Amanhã teremos mais sorte; assim espero.

Jack voltou-se para Nora.

— O que digo a vovô?

— Não se preocupe. Amanhã de manhã converso com ele e peço que você nos acompanhe à casa de uma de minhas amigas. O que não deixa de ser verdade, exceto que não falo com ela há algumas centenas de anos, mas podemos omitir esse detalhe.

— Obrigado. Vejo vocês depois da escola.

Jack deu tchau ao chegar à cerca antes de se embrenhar na abertura e seguir caminho, atravessando o túnel, até o jardim do avô. Sentia o mesmo calor abafado do carro a sufocá-lo no túnel. Jack não parava de pensar no prazer que teria mais tarde em voar ao ar livre com Camelin. Talvez até pudessem jantar. O restaurante chinês de entregas sempre ficava aberto até tarde. Afinal, depois de todos os problemas enfrentados, mereciam um pouco de diversão.

VOO NOTURNO

Jack ficou de guarda na janela do quarto. Quando a luz começou a esmorecer, um vulto preto familiar apareceu no céu.

— Ele chegou — avisou a Orin. — Não vamos demorar.

— Pronto? — grasnou Camelin entrando pela janela.

— Pronto. Se a gente puder se transformar debaixo da coberta, não vai iluminar a casa inteira.

Antes de partir, Camelin subiu na penteadeira e deu uma boa examinada em sua imagem no espelho. Satisfeito, virou-se e inspecionou Jack.

— Você ficou bem melhor sem aquelas duas penas espetadas. Até que sua plumagem ficou mais bonita depois de chamuscada.

Jack se examinou no espelho. Talvez Camelin tivesse razão; suas penas haviam ficado bonitas e lisas, e a carequinha mal aparecia. Ao se virar, Camelin já tinha saído pela janela; segundos mais tarde, ele também voava.

— Desafio você a uma corrida até o campanário — grasnou Camelin.

O Portal de Glasruhen

Jack deixou Camelin sair na frente. Curtiu a liberdade e o silêncio da noite. Quando pousou no campanário, Timmery e Charkle já esvoaçavam ao redor da cabeça de Camelin.

— Quanta gentileza nos visitar. Adoramos visitas. Charkle e eu fizemos planos de sair, mas podemos ficar e bater um papo. Temos tempo de sobra.

Charkle suspirou.

— Ainda estamos à procura de minha família.

— Tenho certeza de que vão acabar descobrindo onde moram — disse Jack.

— Vocês podem ter tempo de sobra, mas nós não. Jack não tinha permissão para sair. Pensei em levá-lo até o outro lado de Glasruhen.

— Que legal! Podemos ir junto? Ainda não checamos nenhuma das grutas do sul.

— Não, não podem. Esta é a noite dos corvos. Só passamos para dizer oi e tchau.

Os dois morcegos demonstraram desapontamento e emudeceram. Antes que Jack pudesse dizer algo, Camelin pulou para o peitoril.

— Vamos, Jack. Hora de voar.

Jack não seguiu Camelin de imediato. Não gostou de partir assim de modo tão abrupto.

— Se encontrarmos alguém em Glasruhen, pergunto sobre a sua família. E um dia desses voltamos para um papo mais demorado, prometo.

Jack levantou voo e precisou bater as asas com força para alcançar Camelin.

— O que tem no lado sul?

— Você vai ver.

— Não vamos demorar muito, né?

— Que nada. Só dar uma espiadinha. Quero examinar um negócio. Vamos fazer uma investigação. Se não me engano, vai nos poupar um bocado de tempo amanhã à noite, e todos ficarão satisfeitos com a gente.

Pelos menos, comigo... Não podemos contar a Nora que estávamos juntos.

Do alto, tanto o lado norte quanto o sul de Glasruhen pareciam iguais para Jack. Camelin voou em círculos algumas vezes antes de iniciar a descida.

— Primeiro vamos tentar ali, parece ótimo.

— Ótimo para quê?

— Para encontrar o que procuramos.

Antes que Jack pudesse perguntar mais alguma coisa, Camelin desapareceu nas copas das árvores. Jack o seguiu.

— Olhe ali, mas não dê um pio. Ninguém pode saber que estamos aqui.

— Onde é aqui?

— Na fonte de Uriel.

— Myryl não avisou para nos mantermos afastados de Uriel?

— Não vamos perturbá-la, só dar uma olhada. Quando você saiu, ouvi a conversa de Nora e Elan. As duas examinavam um velho mapa, e Nora disse que Uriel só podia estar em algum lugar ao sul, mas que podíamos demorar a encontrá-la. Então pensei em investigar hoje à noite. Descobrir seu paradeiro pouparia um bocado de tempo.

— Ótima ideia, mas como vai saber se essa é a fonte de Uriel?

— Esqueceu que Myryl avisou que ela é perigosa? Se for verdade, não haverá nenhuma outra náiade morando perto dela.

— Não me parece que alguém more aqui.

— Estamos procurando uma nascente com água transparente como cristal. Ninfas não moram em águas que não sejam potáveis.

Jack espreitou entre as árvores. Embaixo deles havia um lago circular com cinco montinhos cobertos de grama de um lado e uma rocha do outro. O local parecia assustador à luz da lua. Não se via movimento algum na superfície da água.

— É aqui?

O Portal de Glasruhen

— Nada disso, esse é o lago para onde a nascente corre; precisamos de um mais acima. Mas é água pura, veja só os juncos e musgos. Venha comigo, mas de bico fechado.

Jack seguiu Camelin em meio às árvores. Pousaram no solo diante de uma fonte antiga cavada na rocha. O único som era o pingar da água sobre as pedras musguentas. Era a primeira fonte que Jack via sem árvores ao redor. As penas em sua nuca se eriçaram, e ele sentiu um calafrio na espinha. Sentira isso antes, no dia em que pensou estar sendo observado, no dia em que encontrara a noz. Só que desta vez estava escuro, e ele se encontrava bem longe da casa do avô.

— Vamos embora — sussurrou.

— Ainda não. Preciso me certificar de que aqui é a fonte de Uriel.

Um ligeiro movimento. Jack espiou em meio às trevas. Tinha certeza de ter visto um par de olhos. Camelin parecia não ter notado nada, ocupado em remexer o musgo na margem da nascente com o bico.

— A grama está alta demais, mas sem dúvida alguém mora aqui. Deve ser Uriel.

Assim que pronunciou o nome, a rocha estremeceu. Ouviu-se um som sibilante, e os olhos que Jack imaginara ter visto piscaram.

— Quem gosssstaria de ssssaber?

Jack engoliu em seco. A luz da lua iluminou a lateral da rocha e revelou um rosto grotesco. A boca enorme se fechou, e a criatura de pedra botou para fora a língua bifurcada e encarou Jack com olhos frios e cruéis.

— Resssssponda. Quem gossssstaria de sssssaber?

As pernas de Jack bambearam. Queria voar, mas não conseguia se mover, sentia o corpo retesado. Tinha medo até de falar.

— Não olhe para ela — gritou Camelin cobrindo os olhos com a asa.

— O-o qu-que é i-isso? — gaguejou Jack. — O que está acontecendo?

Tentou tapar os olhos, mas a asa não se movia. Estava petrificado.

— Jack, vamos embora.

— Não consigo me mover. Essa coisa não desgruda os olhos de mim.

— Solte-o — ordenou Camelin.

— E por que eu deveria soltá-lo? Ninguém convidou vocêssss para vir aqui nossss incomodar. Grol, acorde, temosss vissssitassss.

Outra criatura do lado oposto se moveu.

— Ouvi bem, Agye? Vissssitassss?

— Um corvo. Faz anossss que não saboreamossss um pásssssaro; é muito mais gostoso que camundongossss.

Jack engoliu em seco. Nunca deveria ter permitido que Camelin o persuadisse a se aventurar num voo noturno. Se não conseguia se mover, como voltaria para a casa do avô? Como conseguiria escapar se essas criaturas tinham a intenção de comê-lo?

— Camelin, você não pode ajudar?

— Viemos falar com Uriel — anunciou Camelin.

Fez-se silêncio. Jack não tinha certeza se essa era a melhor opção. Se Uriel aparecesse, poderiam correr ainda mais perigo.

— Ninguém fala com Uriel a não sssser que a gente concorde — sibilou Grol.

— Primeiro precisssssamossss ver o pressssente que trouxeram — acrescentou Agye.

— Não trouxemos nenhum presente.

— Eu diria que esssspionavam. O que acha Agye?

— Acho que tem razão. Devemossss capturar e comer aquelessss que contam mentirassss, para evitar que voltem a nossss incomodar.

— Solte-o — disparou uma vozinha acima do poço.

— Timmery! — exclamou Jack.

— E Charkle — disse outra voz vacilante.

— Cuidado! Não fitem os olhos delas — gritou Camelin. — Corram e busquem Nora; ela vai dar um jeito nisso.

— Não precisa; temos tudo sob controle — informou Charkle.

O Portal de Glasruhen

Jack não acreditou muito na história. Não queria que Nora soubesse que ele havia escapado, pois os dois estariam metidos numa baita encrenca, mas era melhor enfrentar Nora do que a situação em que se encontravam.

— Liberte meu amigo! — ordenou Timmery com a voz mais alta que conseguiu. — Senão...

Grol e Agye pareciam uma panela de pressão ao caírem na gargalhada.

— Não sabe quem ssssomossss? — perguntou Grol.

— Vocês são gárgulas — respondeu Timmery. — Já vi muitas do seu tipo, mas nunca tive o prazer de falar com uma.

— Até que enfim alguém ssssabe quem ssssomossss — riu Agye. — Então também deve ssssaber que não tememoossss uma dupla de morceguinhossss e um corvo gordo. Vocês não podem fazer nada contra nóssss.

Jack ouviu um sussurrar às suas costas.

— Brilhante! — exclamou Camelin. — Não se preocupe, Jack. Daqui a pouquinho você estará livre.

Grol e Agye se sacudiram de um lado para o outro, rindo ainda mais alto. Jack ouviu o bater de asas.

— Preciso de sua ajuda, Jack — gritou Camelin. — Estou me aproximando de olhos fechados, então você precisa me guiar. Avise se atingi o alvo.

Jack não fazia ideia do que estava prestes a acontecer. Grol e Agye perderam o fôlego de tanto gargalhar. Riram ainda mais quando uma bola de lama atingiu o nariz de Agye.

— Ai, que dor! — gargalhou.

— Você vai ter de inventar algo melhor que issssso! — berrou Grol.

— Onde pousou? — indagou Camelin.

— Bateu bem no nariz dela.

Camelin voltou a voar de novo, e Jack o observou atirar uma bola de lama com o bico em Agye de novo.

— Atire nos olhos dela — exclamou Jack excitado ao entender que Camelin tentava desviar o olhar da gárgula. Tentou se mover, mas ainda sentia o peso intenso do olhar de Agye através da lama. Grol continuou rindo quando o musgo escorria pelo rosto de Agye.

— Tiro número três — comandou Timmery.

— Bem no alvo — avisou Jack —, mas continua escorrendo.

Antes que pudesse continuar, uma chama atingiu o rosto de pedra de Agye. Jack ouviu um gemido esganiçado. Grol escancarou a boca; parara de rir. Jack sentiu o corpo ficar mole e desabou no chão.

— Tudo bem? — perguntou Camelin.

— Acho que sim.

— O que fez com ela? — sibilou Grol. — Ssssolte-a.

— Nada mal para dois morceguinhos e um corvo gordo — riu Camelin.

— Faça alguma coisa, Grol, essssssa lama de rocha é dura demaisssss. Não enxergo nada.

— Tipo o quê?

Camelin andou de um lado para o outro da fonte.

— Podíamos entrar num acordo. Eu subo e cavo dois buracos nos seus olhos. Porém, se não mantiver a palavra, nós voltamos.

— Qualquer coisssssa que propusssser — sibilou Agye.

— Primeiro tem de prometer nunca mais voltar a paralisar corvos.

— E morcegos e ratos — acrescentou Timmery.

— Prometo.

— Em segundo lugar, queremos uma informação. Por isso precisamos falar primeiro com Uriel.

— Ela não vai receber vocêsssss; não recebe ninguém. Nósssss lidamossss com assss vissssitassss.

— Então vamos torcer para vocês poderem ajudar. Precisamos saber onde encontrar Coriss.

— Faz anossss que não a vemosssss — disse Grol. — Massss ssssei quem pode ajudar. Procurem um Bogie; elesssss é que entendem dessssse negócio.

O Portal de Glasruhen

— Já encontramos um Bogie, por isso viemos ver Uriel. Alguém deve saber onde Coriss mora.

— Que tal um Dorysssk? Primeiro vão ter de pegar um, e elesss não dão informaçõessss, a não sssser que ganhem alguma coisa em troca.

— Um Dorysk! — exclamou Camelin. — Como não pensei nisso antes?

— Por acaso ela está dizendo a verdade? — perguntou Jack.

— Essssstá, esssstá — gritou Agye aterrorizada. — Agora devolva meussss olhossss.

— Vou providenciar uns buracos — avisou Jack a Camelin. — Se tentarem nos enganar, trate de impedir, pois sua mira é melhor que a minha.

— Não vou enganar vocêssss, juro.

Jack saltitou até a frente do poço onde tinha cavado dois buracos na lama endurecida. Agye parecia estar de máscara, mas pelo menos não voltou a hipnotizá-lo.

— Vamos tentar encontrar um Dorysk — disse Camelin.

— O que é um Dorysk? — perguntou Jack.

Camelin bufou irritado.

— Mas será possível que você não saiba nada?

Levantaram voo em direção à Floresta de Newton Gill. Ao partirem, Grol e Agye ainda resmungavam. Depois de um tempo, o único som na noite era o bater de asas.

— Obrigado — disse Jack, depois que as pernas pararam de tremer. — Que sorte vocês dois terem aparecido.

Camelin resmungou e lançou um olhar furioso aos morcegos.

— Acho que não tem nada a ver com sorte. Nós fomos seguidos, isso sim.

— Você disse que podíamos participar de uma aventura com vocês, e quisemos descobrir o que iam aprontar — respondeu Timmery.

— Nós pensamos que poderíamos procurar Norris e Snook — continuou Charkle. — Talvez pudéssemos perguntar ao Dorysk se ele sabe por onde andam os dragonetes. Isso se conseguir pegar algum.

— Como assim, se conseguir pegar algum? Fique sabendo que posso localizar um Dorysk por mais que ele tente se disfarçar, mas eles só respondem a uma pergunta. Você vai ter de apanhar o seu se quiser perguntar sobre a sua família. E não se esqueça de ter alguma coisa para lhe dar em troca ou jamais obterá uma resposta.

— Será que alguém pode me explicar o que é um Dorysk?

Todos olharam para Jack. Camelin suspirou.

— Dorysks são meio parecidos com Bogies: espionam e trocam informações. Entretanto, ao contrário dos Bogies, podem mudar de forma, mas apenas para alguma do mesmo tamanho ou menor, nunca maior.

— Eles também gostam de coisas brilhantes como as ninfas aquáticas?

— Aceitam qualquer coisa que achem legal, mas preferem as afiadas, como alfinetes. Alguns são milionários, possuem milhões de alfinetes.

Jack não conseguia imaginar o motivo de alguém querer um milhão de alfinetes. Ficou tentando imaginar o tamanho de um Dorysk e torcendo para que fosse simpático.

— O que Nora vai dizer quando descobrir onde estivemos e o que aconteceu?

Camelin olhou para todos, um de cada vez.

— Nora não vai descobrir, certo? Ninguém vai abrir o bico. Prometem?

— Será nosso segredo — farfalhou Timmery.

— Isso mesmo, um segredo — concordou Camelin.

O Portal de Glasruhen

— Concordo, mas dá para me contar como é um Dorysk? — pediu Jack.

— Depende da forma que tenha assumido. Não sei como não pensei antes num Dorysk. Devia ter caçado um antes; o caldeirão já estaria prontinho. O problema é que não é fácil pegar um.

Jack não fez mais perguntas, de tão preocupado que estava em voltar para a casa do avô. Já devia ser tarde, e ele precisava acordar cedo para ir à escola. Achou melhor não perguntar quanto tempo demorariam a encontrar um Dorysk.

Encontravam-se à margem da Floresta de Newton Gill quando Camelin iniciou a descida em direção ao que, no passado, era um freixo. Pousaram na árvore de galhos podres, quebrados e sem folhas.

— E agora? — perguntou Jack.

— Devemos fazer algo suspeito, algo fora do comum. Isso sempre atrai um Dorysk. São ainda mais barulhentos que os Bogies.

— Não podemos ir embora? Nora vai descobrir, as árvores vão contar para ela.

— Não essas. Já esqueceu que madeira morta não fala? Nora e as árvores só falam sobre Arrana ultimamente. Ela não tem tempo para fofoca, anda muito preocupada.

Jack também se preocupava. Sabia que o tempo voava. Sentaram-se todos no galho, ninguém se moveu nem fez nada estranho. Jack se perguntou se passariam a noite inteira ali. Então, Camelin começou a dançar o *break* arrastando os pés. Jack decidiu participar. Lamentavelmente, o galho não era forte o suficiente para aguentar tanto balanço para cima e para baixo. Um estalido ecoou pela floresta, e, logo em seguida, o galho despencou. Ninguém se machucou, mas todas as criaturas que estavam no chão saíram apavoradas, exceto uma.

— Peguei você! — gritou Camelin, agarrando um grande besouro.

— Trate de me soltar, valentão gigante — retrucou uma voz miúda.

— Não sou valentão. Sou é bom em pegar Dorysks.

— Está certo, você me reconheceu. Pode fazer a pergunta.

Camelin soltou o besouro, que num segundo se transformou no que parecia um grande ouriço com espinhos espetados por todo o corpo, menos no focinho. Equilibrava uns óculos diminutos na ponta do nariz. Ele rodopiou e fungou ao redor dos pés de Jack, até afinal se acomodar nos quartos traseiros e suspirar antes de falar.

— Vamos direto ao que interessa.

— Isso mesmo — exclamou Jack.

— Não se preocupe — disse Camelin postando-se diante de Jack.

— Sou o responsável aqui.

Ouviu-se um farfalhar vindo de Timmery e Charkle que Camelin preferiu ignorar.

— O que têm para trocar?

— Não viemos aqui negociar; estamos somente de passagem. Jack é novo aqui e vim mostrar os arredores para ele.

— Então por que me pegou?

— Queria que Jack conhecesse o mais célebre Dorysk do oeste.

— Apenas do oeste? Acho que vai descobrir que sou o mais bem-informado Dorysk do reino.

— Não disse que ele era famoso? — perguntou Camelin voltando-se para Jack.

— Se está só de passagem, de onde vem?

— Da fonte de Uriel.

Os morcegos e Jack assentiram. O Dorysk pareceu chocado.

— Da fonte de Uriel? Ninguém vai lá!

— Jack nunca tinha visto gárgulas antes. Já disse que ele está de visita. Agora vamos encontrar Coriss.

— No Lago Perfeito?

O Portal de Glasruhen

— Isso mesmo, no Lago Perfeito. Agora precisamos ir, pois temos muitos outros lugares a visitar antes do amanhecer.

O Dorysk parecia pensativo. Passou as garras afiadas pelas folhas mortas, encontrou um verme, atirou-o no ar e o engoliu.

— Quer um? — perguntou a Jack.

— Não, obrigado. Comemos antes de sair e precisamos ir embora logo.

— Sem problema — disse o Dorysk cavando e pegando outro verme. — Tenho certeza de que ainda vamos nos reencontrar.

— Você foi brilhante — disse Jack a Camelin já em pleno ar.

— Eles não são muito inteligentes, sabe, não tanto quanto os corvos.

— Acha que ele se deu conta de que foi enganado?

— Que nada! Deve estar ocupado catando vermes e já se esqueceu da gente. Vamos, melhor levarmos você de volta para o seu quarto.

Timmery e Charkle se despediram ao chegarem à casa do avô de Jack.

— Avise a gente quando forem sair de novo, gostaríamos de ir com vocês — farfalhou Timmery.

— Talvez vocês pudessem nos ajudar a procurar meus irmãos — acrescentou Charkle.

— Assim que o caldeirão for montado e tudo estiver resolvido, vamos ajudar você, certo, Camelin? — perguntou Jack.

Camelin resmungou entre os dentes.

— Vamos, sim — garantiu Jack. — Agora preciso ir senão vai ser impossível acordar amanhã cedinho.

— Então nos vemos depois da aula — disse Camelin, uma vez que Jack já estava transformado e de pijama.

Jack bocejou, mas antes que pudesse responder, Camelin partira Assim que foi para a cama, Orin se deitou ao lado dele no travesseiro. Disse alguma coisa, mas Jack estava com muito sono para se levantar e buscar a varinha.

— Foi uma noite e tanto. Acho que tão cedo não vou me aventurar em outro voo noturno, mas pelo menos descobrimos onde Coriss está. Amanhã de manhã eu conto tudo.

Jack fechou os olhos. Não conseguia mais mantê-los abertos.

O LAGO PERFEITO

Jack ouviu a voz do avô no andar de baixo. Obrigou-se a abrir os olhos, porém eles logo voltaram a se fechar. Orin coçou-lhe a orelha com o nariz. Embora ciente de que ela estava faminta e queria o café da manhã, ele não conseguia levantar da cama.

A batida na porta do quarto significava que ele devia ter voltado a cair no sono.

— Jack, já está de pé? Se não se apressar, vai chegar atrasado.

— Já estou indo — respondeu, levantando da cama.

A meia hora seguinte passou voando. Jack tomou banho, se vestiu, deu comida a Orin e engoliu o café da manhã. Chegou exausto à escola. Tonto de sono, não prestou muita atenção às aulas matinais. Por sorte, ninguém pareceu notar.

Na hora do almoço, teve permissão para ir à biblioteca. Encontrou um cantinho sossegado e pegou o *Livro de Sombras*, na esperança de encontrar uma mensagem. Não se decepcionou. Esperou ansioso pelo aparecimento das palavras:

Num diga a Nora nem a Elan que vossê oviu falá dos Dorysks.

Num esquessa que é segredo.

Jack riu ao ler a mensagem de Camelin. Seria bom inventar um corretor ortográfico mágico para instalar no livro de Camelin. Prestes a responder, recebeu outra mensagem.

*Já sabemos onde Coriss está.
Camelin pegou um Dorysk a noite passada e descobriu.
Nora e eu andamos pensando num presente especial para ela.
Um presente ao qual ela não seja capaz de resistir.*

Jack deu uma espiada ao redor para ver se alguém olhava antes de pegar a varinha e responder às duas mensagens. Para Camelin, escreveu:

Não esquecerei.

O Portal de Glasruhen

E para Elan:

O que é um Dorysk?

Ficou pensando se poderia aprender mais com a resposta dela, mas Elan o mandou pesquisar em seu *Livro de Sombras* e disse que Camelin contaria tudo a caminho do Lago Perfeito mais tarde.

A tarde passou num piscar de olhos. Jack já se sentia bem quando encontrou Elan. Logo se puseram a caminho para encontrar Coriss. Jack deu uma espiada no banco traseiro do carro. A cesta de piquenique estava lá, bem como a placa do caldeirão enrolada e outro pacote mais ou menos do mesmo formato e tamanho da base do caldeirão.

— Camelin foi voando na frente?

— Aqui! — disse a voz abafada de dentro da cesta de piquenique.

— Ele está bem quietinho aí dentro — disse Nora. — Deve estar catando migalhas.

— Então aonde vamos?

— Camelin vai lhe contar tudo sobre o encontro com o Dorysk. Ele teve mesmo um bocado de sorte em encontrar um, pois eles são mestres do disfarce e muito difíceis de serem capturados — explicou Elan.

— Não foi fácil. Passei horas percorrendo a área.

— Você não vai acreditar no que aconteceu. Ele enganou o Dorysk e o fez entregar onde Coriss podia ser encontrada — acrescentou Elan.

— Quem vai contar a história, eu ou você? Posso sair agora?

Camelin ergueu uma das abas da cesta e botou a cabeça para fora. Jack segurou a tampa para o corvo sair.

— Esse lugar aonde vamos fica longe?

— Que nada! Fica do outro lado de Beconbury. Daqui a pouco chegamos.

Camelin tinha razão. Pouco tempo depois, Nora saiu da estrada principal, entrou num atalho, e chegaram a um estacionamento. Em vez de estacionar perto dos outros carros, Nora dirigiu até o outro lado do terreno e só então desligou o motor. Encontravam-se perto de um lance de escadas. Uma placa semidestruída indicava o caminho para o Lago Perfeito. Jack viu barquinhos oscilando perto das bordas de um lago a pouca distância. Vários botes pequenos de velas coloridas deslizavam na água.

— Prontos? — perguntou Nora, pegando o caldeirão e entregando o outro pacote a Jack.

— Prontos — responderam em coro.

— Presumo que vamos a algum lugar um pouco mais tranquilo — disse Jack.

— Isso mesmo — concordou Nora. — Camelin nos mostrará o caminho.

O Lago Perfeito ficava isolado em uma área coberta de vegetação. Ao redor, havia árvores compridas, cujas folhas balançavam, sacudidas pela brisa suave. De vez em quando, uma onda na superfície agitava a água parada do lago, que parecia fundo e perigoso. Jack ficou feliz por não estar sozinho.

Nora parou à beira do lago. Em vez de se ajoelhar e colocar os lábios na água, pegou uma moeda pesada do bolso e a atirou na água.

O Portal de Glasruhen

— Isso deve fazê-la subir — riu Nora. — Aposto que faz muito tempo que ninguém atira uma moeda romana nesse lago.

Nada aconteceu. Jack começou a se perguntar se o Dorysk os tinha pregado uma peça e passado a informação errada. Talvez a moeda atirada por Nora não fosse aceitável; parecia bastante comum.

— Achei que ninfas gostassem de objetos brilhantes.

— E gostam, mas precisamos tentá-las a sair. Ela certamente vai querer saber quem está jogando moedas sujas em seu lago e daqui a pouco subirá à tona — explicou Nora.

— Ela tem um temperamento pior do que o de Jennet — acrescentou Elan. — Se desconfiar de que estamos loucos por alguma coisa, não vai nos permitir obtê-la. Tudo depende de ela gostar ou não do presente que trouxemos. Espero que o julgue tão especial que nos devolva as peças do caldeirão sem muito aborrecimento.

Jack estava preocupado. Se fosse a mesma ninfa que vira na nascente em Viroconium, não ia se comportar como Myryl nem tampouco querer saber de conversa. Tomara que gostasse do presente. Afinal, ele é que deveria oferecê-lo.

— E se ela não gostar ou já tiver um igual? Deve ter milhares de objetos brilhantes depois de todos esses anos.

— Claro que sim — concordou Nora —, mas aposto que o que trouxemos vai ser o melhor presente que ela já ganhou.

Jack levou um choque quando Coriss finalmente decidiu subir à superfície. Até então, só vira ninfas se erguendo de pequenas nascentes ou fontes. Dessa vez, era diferente. Cercada por uma enorme quantidade de borbulhas, Coriss revolveu toda a água do lago que, agitada, formou uma espiral. Um buraco negro apareceu no centro, de onde uma espada começou a se erguer. Da última vez que Jack vira aquela espada, o prefeito do campo de Viroconium a empunhava. Dessa vez, dedos verde-claros seguravam o punho dela. Uma pluma vermelha desbotada surgiu — um pouco mais difícil de usar debaixo d'água e com muitas algas presas.

— É ela! — Jack engasgou.

Ficou surpreso ao vê-la usando a armadura enfeitada com escamas de peixe que também vira no prefeito. Parecia estranho enxergar a pele verde-clara por baixo da armadura em vez de uma túnica vermelha. Não tinha a menor dúvida. Haviam encontrado a ninfa que confundira com Jennet em Viroconium.

— AVE! — berrou Coriss, fechando o punho da mão livre e batendo na armadura. — Quem ousar vir aqui perturbar o meu sossego?

Tirou algo da pluma do capacete e a atirou na direção de Nora.

— Não gosto nada que joguem objetos inúteis em meu lago. Se vieram aqui por algum motivo, falem de uma vez. Vou logo avisando que é melhor que valha a pena.

A moeda rolou e parou aos pés de Nora. Em vez de apanhá-la, Nora sorriu antes de inclinar suavemente a cabeça.

— Que maravilhosa armadura! Que beleza de arma! Muito impressionante!

Coriss se aprumou e ajeitou os ombros antes de retribuir o cumprimento.

— É um conjunto. O presente mais magnífico que ganhei na vida. Nunca recebi nada parecido e acho que nunca receberei.

— É romano? — perguntou Nora.

— E o que você tem a ver com isso?

— Percorremos um longo caminho em busca da náiade que já morou na nascente em Viroconium. Faz muitos anos, ela recebeu uma armadura de presente.

— E por que alguém iria querer encontrar tal ninfa?

— Juramos procurar até encontrá-la. Temos algo que pertence a essa ninfa, e ela tem algo que nos pertence. Gostaríamos de efetuar a troca.

Coriss pareceu pensativa. Nora chegou para o lado para que Jack pudesse dar um passo à frente.

— Lembra-se desse menino?

O Portal de Glasruhen

Coriss cheirou o ar e encarou Jack.

Nora bateu nas costas dele para encorajá-lo.

— Eu entreguei à senhora três placas de caldeirão na noite em que ganhou essa armadura. Poderia devolvê-las, por favor?

— Em troca de quê? Não devolvo nada a não ser que me ofereçam algo melhor em troca. E, mesmo assim, depende. Eu posso não querer efetuar a troca.

Nora fez sinal a Jack para desembrulhar o pacote redondo.

Coriss esticou o pescoço, cheirou o ar, depois tentou alcançar o presente, mas Nora o tirou de Jack e o levantou para que a luz se refletisse na superfície. Jack identificou uma calota de carro. No centro as letras "VW".

— Um escudo — exclamou Coriss com voz aguda. — Uau, que magnífico! Mas o que significam essas letras?

— Têm um importantíssimo significado. Em inglês, querem dizer *Viroconium Warrior*. Traduzindo, Guerreiro de Viroconium. Apenas o mais nobre e distinto guerreiro tem permissão de usar esse escudo.

— Já volto — disse Coriss, desaparecendo imediatamente na água.

— Incrível! — exclamou Jack. — Como sabia que ela gostaria do escudo?

— Nós não sabíamos — respondeu Elan. — Entretanto, mesmo que ela já tivesse um, não teria as letras "VW" gravadas.

— Acha que as placas estão com ela?

— Claro — retrucou Nora. — Ela logo entendeu o que você pediu. Vai revirar os armários de pernas para o ar até encontrá-las.

Não foi preciso esperar muito até Coriss reaparecer. Dessa vez, não houve nenhum redemoinho ou entrada triunfal. Ela foi direto para a margem do lago e falou com Jack.

— Por acaso é isso o que procura?

O coração de Jack disparou. Coriss trazia as placas na mão. De tão assustado, nada disse, apenas assentiu. Quando Coriss as entregou, Nora lhe deu o escudo. Ela passou a mão pela tira que haviam prendido na parte de trás, desembainhou a espada e, com ar pomposo, foi até o centro do lago.

— "VIROCONIUM WARRIOR!" — exclamou antes de ser coberta por uma imensa quantidade de bolhas. Toda a água do lago voltou a se agitar quando Coriss desapareceu pouco a pouco no buraco negro, no centro do lago. A última coisa que viram foi a ponta da espada.

— Exibida! — resmungou Camelin.

— Pouco importa. Conseguimos o que queríamos — disse Nora. — Agora podemos montar o caldeirão.

— Assim que voltarmos? — perguntou Jack enquanto ele e Elan enrolavam as placas molhadas no pano.

— Isso mesmo. Assim que voltarmos — concordou Nora.

— E o jantar? — perguntou Camelin.

— Só depois de concluída a montagem do caldeirão. Aí sim vamos comemorar — respondeu Nora.

— Mal posso esperar para ver como ele é — comentou Jack.

Camelin já saíra voando para casa. Jack presumiu que ele daria uma paradinha no meio do caminho para beliscar alguma coisa; era óbvio que não esperaria pelo jantar.

— Ela gostou mesmo do escudo — disse enquanto atravessavam o campo.

— Deve ter muito orgulho de suas armas. Reparou como lhe caíram bem a armadura e a espada? — retrucou Elan.

— Ficou melhor nela do que no prefeito do campo — comentou Jack, dando uma gargalhada.

— Temos algo importante a discutir antes de voltarmos para casa hoje à noite, mas Camelin também precisa estar presente — declarou Nora.

Jack ficou animado. Aproximava-se o dia da partida para Annwn.

O Portal de Glasruhen

Ao voltarem para a Casa Ewell, Camelin esperava por eles na mesa de piquenique. Jack notou um restinho de queijo preso em seu bico. Nora foi direto para o herbário. Jack a seguiu e a observou acomodar as três últimas placas na posição certa e passar os dedos em cada uma delas.

— Finalmente! Que maravilha! Depois de todos esses anos de espera... Devemos tudo a você, Jack.

— E a Camelin. Eu não teria êxito sem a ajuda dele.

— E a Camelin — concordou Nora. — Vá buscá-lo para darmos início à montagem do caldeirão.

Ao deixar o herbário, Jack procurou um lenço de papel nos bolsos.

— Nora quer a sua presença, mas você não pode ir com esse pedaço de queijo no bico. Não se mexa enquanto eu limpo.

— Queijo de pizza é bem grudento, cola em tudo. Já tentei tirar.

Jack limpou o bico de Camelin.

— Obrigado. Eu estaria em maus lençóis se Nora visse.

— Vamos logo; Nora está à espera para unir as placas.

— Mal posso esperar a viagem a Annwn. Lá a gente pode comer o quanto quiser e de graça, sem pagar nada. Gwillam costumava me contar a respeito das tortas, dizia que desmanchavam na boca. E as linguiças eram as melhores que ele já provara. Em determinada época do ano, durante a temporada de festas, organizam um grande mercado com um monte de barraquinhas. Gwillam disse que tem contadores de histórias, malabaristas, jogos, corridas e música à noite, em volta das fogueiras das casas. Também vamos ter muito para ver e fazer quando chegarmos lá. Tomara que a gente possa ficar por um tempo.

— Parece fantástico.

— Ah, é mesmo! A Cidadela fica numa ilha. Quero atravessar o rio para visitar o Palácio de Vidro. Gwillam me contou que existem corvos brancos no jardim da Rainha. O que acha, Jack? Será que estava de brincadeira ou existem mesmo corvos brancos?

— Não vejo motivo para não existirem. Tudo me parece incrível. Também mal posso esperar.

— Ei, vocês dois, andem logo — chamou Elan do herbário. — Estamos preparadas para começar.

— Receio que tenhamos de pedir mais um favor a você, Jack — começou Nora. — Meus poderes estão perdendo força com incrível rapidez. Não quero gastá-los com coisas que você pode fazer.

— Mas eu não tenho o mesmo tipo de poder que você.

— Quando souber tudo o que é necessário, você terá, posso garantir. Por enquanto, quero que encontre as páginas de que precisamos no meu *Livro de Sombras*.

— E eu? — perguntou Camelin. — Também vou ter bastante poder?

— Você é um aprendiz de druida. Quando terminar seu treinamento, também vai receber o dom da magia.

— Mas isso vai levar anos — resmungou Camelin.

— O que quer que eu faça? — indagou Jack.

— Precisamos das instruções para atar o caldeirão. É provável que eu me lembre delas, mas faz tanto tempo que é melhor eu me certificar de que estão corretas. Preciso que me ajude a refazer o caldeirão.

Elan tirou o *Livro de Sombras* de Nora da estante e o acomodou diante de Jack. A varinha de condão logo ficou lisa ao segurá-la com a mão direita. Concentrou-se e deixou que todos os seus pensamentos se voltassem para a ponta da varinha antes de encostá-la de leve no livro, que se abriu com uma pancada quando a capa e a contracapa bateram na mesa.

— Você tem um dom natural, Jack — disse Elan, erguendo o livro e lendo as instruções para Nora:

Como Montar o Caldeirão da Vida

Descansem as placas em torno do teixo.
Primeiro, o pinheiro e o azevinho no eixo.

O Portal de Glasruhen

Em seguida, apanhem o salgueiro e o espinheiro,
a faia, o freixo, o olmo e o carvalho, os oito primeiros.
Bétula e macieira se seguirão,
E então dez placas serão.
Por último, a nogueira e o cumaí, embora não menos importantes.
E unir as peças do caldeirão para o banquete será o bastante.

Quando Nora terminou de prender as placas, afastou-se para admirar sua obra de arte. O caldeirão era maior do que Jack imaginara.

— Agora passemos à borda e às alças.

Elan trouxe um sólido aro de metal com duas alças de cada lado. Nora o instalou em cima do caldeirão e em seguida se voltou para Jack.

— Precisamos das instruções para abrir o portal de Annwn.

— O que pergunto?

— O Portal Oeste permanece oculto na floresta. Diga seu nome e o livro se abrirá.

— Mas que nome devo dizer?

— Portal de Glasruhen — respondeu Elan.

Jack não sabia como era o portal, mas conhecia a floresta. Com a máxima concentração, encostou a varinha no livro.

— Portal de Glasruhen — ordenou.

As páginas viraram até o livro mostrar o que havia sido solicitado. Na parte superior da página, em caracteres antigos, os dizeres:

Portal de Glasruhen
O Portal Oeste de Annwn

— O que mais diz? — perguntou Camelin.

Jack entregou o livro a Elan.

As fontes sagradas devem localizar.
De cada fonte, uma placa do caldeirão retirar.
Quando encontradas e reunidas,
com tiras de couro deverão ser atadas.

— Nós acabamos de fazer isso — disse Camelin. — Apesar de ter demorado um bocado.

— E a seguir? — indagou Nora.

Elan continuou a ler:

Bata três vezes na borda do caldeirão,
e estará pronta para começar a função.
Reúna carvalho, faia, salgueiro, bétula e pinheiro,
bem como do Templo Sagrado a noz verdadeira.
Ao pôr do sol, na data do ritual,
deposite tudo em Glasruhen, no portal.

— Pronto, Jack? — perguntou Nora. — Você precisa bater na borda três vezes.

Enquanto batia, uma luz verde começou a irradiar de dentro. Espalhou-se pelas placas até o caldeirão inteiro reluzir. As tiras de couro pareceram se desmanchar no metal, e a borda cintilou com ainda mais fulgor até as placas se fundirem. Jack ficou boquiaberto; o coração palpitava forte em seu peito.

— Você conseguiu. Você refez o caldeirão, Jack — grasnou Camelin saltitando em torno da mesa. — Em breve estaremos em Annwn.

Jack fitou Nora e Elan, mas nenhuma delas pronunciou uma palavra.

— Vocês conseguem abrir o portal, não é?

— Com a sua ajuda — anunciou Nora.

— Podem contar comigo — declarou Jack.

O Portal de Glasruhen

— Devemos muito aos dois, e várias pessoas serão gratas a vocês por toda a eternidade — acrescentou Elan, trocando olhares com Nora.

— Temos algo importante a discutir.

O tom da voz deixava evidente que algo não corria bem.

— Fomos forçadas a mudar nossos planos. Não podemos esperar até o dia de Samhain.

Camelin saltitou empolgado.

— Então quando partimos?

— Hoje vamos abrir o portal. O dia não poderia ser mais perfeito, é a celebração do solstício de verão em Annwn.

— Oba, hoje é dia de festa! — exclamou Camelin. — Quanto tempo podemos ficar?

Nora suspirou.

— Sinto muito, mas você não pode ir.

— Como assim? Eu não posso ir? Mas você prometeu. Não é justo Jack ir a Annwn e eu não... Depois de tudo que enfrentamos juntos...

— Jack também não pode ir.

Fez-se silêncio. Jack ficou tentado a perguntar o motivo. Também teve vontade de repetir que não era justo, mas conseguia ler o sofrimento nos olhos de Nora. Elan estendeu a mão e acariciou as penas de Camelin.

— Sentimos muito, mas precisamos partir ou então será tarde demais.

— Mas por que não podemos ir junto? — insistiu Camelin.

— Apenas os membros do povo feérico ou os druidas podem entrar em Annwn sem permissão. Aos mortais só é autorizada a passagem pelo portal no dia de Samhain. É a lei e ela deve ser cumprida.

— Que lei mais idiota! — resmungou Camelin.

Jack permaneceu mudo.

— Se virar as páginas até a última, Jack, talvez encontre a explicação.

Jack ergueu a varinha e virou as páginas. Não podia ler, os olhos embaçados de lágrimas. Elan tirou o livro de suas mãos:

*Sob a arcada encontrarão
um brilhante, alto e verde portão.
Nenhum humano para entrar terá permissão,
sendo o dia de Samhain a única exceção.*

*Pela Lei de Annwn fica estabelecida
uma penalidade a quem o portal transpassar.
Por qualquer crime na Terra Mágica cometido,
diante do Conselho será obrigado a se postar.*

— Não podemos esperar até o dia de Samhain. Precisamos recolher as nozes hoje à noite. Arrana enfraquece a cada dia, e a minha magia praticamente se extinguiu. Preciso tomar o elixir. Elan também deve renovar suas forças antes que seja tarde demais. Entendem que, se fosse possível, levaríamos vocês conosco?

Jack fez que sim com a cabeça. Nora e Elan se voltaram para Camelin. Ele baixou a cabeça e assentiu, em movimentos lentos.

O PORTAL DE GLASRUHEN

— Foi sorte não encontrarmos grandes dificuldades para obter as placas de volta hoje à tarde, há muito a fazer antes do pôr do sol — disse Nora. — Vamos precisar da ajuda dos dois.

A cabeça de Camelin tombou. Arrastou-se até a extremidade da mesa e deu as costas para todos. Nora suspirou e continuou a falar com Jack.

— Sei que é pedir demais, mas sem a sua ajuda, não é possível abrir o Portal de Glasruhen. Preciso guardar alguma magia de reserva para preparar o elixir ao chegarmos em Annwn.

— Vocês vão abrir o portal para nós duas? — pediu Elan.

— Eu? Como posso abrir o portal?

— Todo o poder essencial encontra-se em sua varinha, original de uma das nozes da Mãe Carvalho em Annwn. O portal vai reconhecer seu poder e se abrir.

— Então por que as suas varinhas não conseguem fazer isso? Elas também vieram de Annwn, não é?

— As nossas são varinhas terrestres. A minha foi feita de nogueira, e a de Elan da bétula — explicou Nora.

Camelin foi se voltando devagar.

— Quer dizer que a minha varinha é melhor que a de vocês?

Nora riu.

— Isso mesmo, Camelin, a sua e a de Jack são melhores que as nossas. Temos muito trabalho. Primeiro Jack tem de voltar para casa e perguntar ao avô se pode ficar aqui até mais tarde. Diga que acabamos de chegar da visita e vamos preparar um churrasco.

— Um churrasco, um churrasco de verdade? — grasnou Camelin, aproximando-se rapidinho de Nora.

— Um churrasco de verdade, mas não para todos, apenas para nós. Vamos comemorar em alto estilo quando voltarmos com as nozes. Nada de comer até tudo estar preparado, então pode vir e nos ajudar a cortar um pouco de ruibarbo. Elan pode ir com Jack.

— Oba! Adoro torta de ruibarbo.

— Não é para nós. Não tenho tempo de preparar tortas hoje à noite. É para levar para Annwn. Temos de levar um presente feito de algo que eles não possuem. Eles apenas plantam maçãs, assim qualquer outra espécie de fruta será mais do que bem-vinda. O caldeirão é o único meio para transportar coisas deste mundo para Annwn. Com certeza faz muito tempo desde que comeram ruibarbo.

Jack sorriu ao ver Camelin emburrar a cara de novo. Separaram-se perto do pombal. Nora e Camelin foram à horta, enquanto Jack e Elan atravessaram a sebe.

— Sinto muito por vocês não nos acompanharem — disse Elan, enquanto atravessavam o túnel formado pelos teixos da Casa Ewell até a do avô.

— Você vai voltar, não vai?

— Vou sim, mas tenho compromissos a cumprir. Talvez não volte com Nora hoje à noite; tudo vai depender da situação que encontrarmos. Talvez precise passar um tempo em Annwn.

— Vou ver como você é de verdade?

— No Samhain. Uma vez aberto o portal, vou ter liberdade para ir e voltar da Terra para Annwn. Você e Camelin podem me visitar em outubro. Garanto que você vai adorar o presente de aniversário.

— Annwn é mesmo tão maravilhosa quanto Camelin diz?

— Acho que até mesmo Camelin vai se surpreender ao chegar. A Cidadela e o Palácio ficam no meio de um lago; cada uma das quatro torres do palácio é de vidro, e é possível vislumbrar seu brilho a quilômetros de distância.

— É verdade aquela história de corvos brancos?

— Claro. Eles moram no jardim da Rainha na Cidadela.

Jack suspirou. Quatro meses para ver tudo com os próprios olhos era uma espera demasiado longa. Ao saírem da sebe, o avô, do local onde plantava ervilhas, olhou espantado.

— Você voltou cedo. Achei que só chegasse na hora do jantar. E trouxe Elan com você.

— Olá, sr. Brenin. Vim perguntar se Jack pode ficar lá em casa mais um pouco. Vamos preparar um churrasco. Ele pode voltar para casa por volta das dez horas da noite?

— Claro que sim, mas primeiro trate de mudar a roupa. Ainda está de uniforme. Não vai querer chegar amanhã na escola cheirando a fumaça, certo?

Jack deixou Elan com o avô no jardim e subiu para mudar de roupa. Por mais que tentasse, não conseguia conter a decepção.

Ao saírem da sebe, Jack viu Camelin esperando próximo ao arranjo de pedras.

— Vocês demoraram — grasnou.

— Podemos ajudar? — perguntou Elan.

— Agora que já preparamos tudo? Nora disse que podíamos preparar o churrasco assim que vocês chegassem. O que estão esperando? Chegou a hora do rango.

Camelin levantou voo e seguiu rumo à casa. Quando Jack passou pelo herbário, notou um imenso feixe de ruibarbo recém-cortado em talos mais ou menos do mesmo tamanho, dentro do caldeirão. Ao chegarem ao pátio, Camelin discutia com Nora.

— Mas eu quero tentar — crocitou.

— É perigoso demais, você não tem a menor prática. Deixe isso por conta de Jack.

Camelin voltou-se para Jack.

— Ela não quer me deixar acender o fogo para o churrasco. Eu consigo, sei que consigo. Já vi você soltar faíscas e também já andei soltando umas. Por favor, Jack, posso tentar?

Nora assentiu e fitou Jack, que levou a mão à carequinha, onde costumava ter os cabelos espetados.

— Por mim, tudo bem, desde que aponte a varinha para o churrasco.

— Puxa, Jack, você é mesmo um amigão — disse Camelin, saltitando em volta das pernas de Jack antes de se enfiar na cozinha. Segundos depois, voltou com a varinha.

— Afaste-se um pouco — recomendou Nora.

Camelin voou até a mesa de piquenique e se posicionou. Jack sorriu ao ouvir o comando abafado de Camelin.

— Fogo um!

Nora engoliu em seco quando uma imensa chama saiu da ponta da varinha de Camelin.

— Diminua a chama — ordenou.

— Por quê? Achei que quisesse acender o fogo.

— Queremos, mas não desse jeito. Estou começando a achar que vou confiscar sua varinha enquanto estiver fora; será mais seguro.

Camelin já ia emburrar a cara de novo, mas viu a bandeja de linguiças na mão de Elan.

— Linguiças, meu prato favorito.

— O que acontece no Festival do Solstício do Verão em Annwn? — perguntou Jack.

— O mesmo que em qualquer outra festividade — respondeu Elan. — Armam várias barraquinhas e promovem espetáculos. Todos os melhores contadores de histórias se reúnem e tentam superar um ao outro. Lembro que da última vez tinha malabaristas, homens de perna de pau, tudo o que possa imaginar.

— Está vendo? Eu disse — comentou Camelin, pousando no ombro de Jack. — Agora conte sobre a comida.

Nora riu.

— Mas será que não consegue pensar em outra coisa? Bem, quando estiverem prontos, a comida também estará. Camelin, com certeza, você aqueceu rápido o carvão. Essa porção logo estará cozida.

Pouco antes de o sol desaparecer no horizonte, Nora verificou pela última vez estarem de posse de todo o material de que precisavam.

— Chegou a hora de partir — anunciou.

Tomaram o rumo da Floresta de Glasruhen. Jack, com a ajuda de Elan, carregava o caldeirão onde guardara sua varinha e a de Camelin, junto com os pés de ruibarbo. Ao passarem pela sebe, Nora selecionou um grande feixe de galhos.

— Carvalho, faia, salgueiro, bétula e pinheiro para o ritual — explicou.

— Onde exatamente fica o Portal de Glasruhen? — indagou Jack.

— Isso eu não sei — respondeu Nora.

— Então como vamos encontrá-lo?

— Meu *Livro de Sombras* nos guiará ao local correto. Fica em algum lugar na Floresta de Glasruhen. Antes não mudava de posição, mas, quando surgiram os problemas, o Conselho Sagrado decidiu, para garantir a segurança de Annwn, que os portais não deveriam mais permanecer fixos. Apenas os Carvalhos Sentinelas conhecem sua localização exata.

— Carvalhos Sentinelas? — repetiu Jack.

— Eles guardam os quatro portais de Annwn, um de cada lado. Os galhos formam a arcada pela qual devemos passar.

Jack não entendeu direito o que Nora dizia. Ao deixarem para trás o túnel de teixos e se aproximarem da floresta, Nora se deteve.

— Chegamos; hora de trocar de posição. Você fica com o meu *Livro de Sombras*, e eu e Elan carregamos o caldeirão.

Jack recebeu o livro e a varinha de condão de Nora. As duas árvores da capa estremeceram. Pareciam vivas; mais vivas do que certas árvores da Floresta de Newton Gill.

— Use o livro como bússola — ensinou Nora. — Ele funciona como um ímã.

O livro parecia ter vida própria, e Jack se deixou conduzir. Penetraram mais e mais na floresta. Sentia centenas de olhos espiando. De vez em quando, vislumbrava uma dríade, mas ninguém impediu sua passagem ou falou com ele.

O livro parou de puxá-lo, e Jack ergueu o olhar. Encontrava-se diante de dois carvalhos antigos cujos galhos se tocavam, formando uma arcada natural.

— Acho que chegamos — avisou.

— Muito bem, Jack. Sabia que conseguiria. Agora vamos começar; a luz já está desaparecendo.

O Portal de Glasruhen

— Estes são os Carvalhos Sentinelas — disse Elan, encostando a mão no tronco da árvore mais próxima. Houve uma época em que teriam nos cumprimentado, mas estão adormecidos faz tanto tempo que demoraríamos séculos até acordá-los.

— Isso quer dizer que não podemos realizar o ritual?

— Não é isso. Não se preocupe, Jack — assegurou Nora. — Com seu poder mágico, podemos abrir o portal. Uma vez realizado o ritual, tudo será revelado.

Era tranquilizador Nora dizer que não se preocupasse, pois ela já realizara um monte de rituais. Esse era o primeiro de Jack, e não queria que nada desse errado, sobretudo porque grande parte do sucesso dependia de ele fazer tudo certinho.

Elan repousou a mão em seu ombro.

— Se não funcionar da primeira vez, podemos tentar de novo. É diferente da janela do tempo. Agora que encontrou o local, podemos continuar tentando até o portal se abrir.

— Jack, se não se importar, pode pedir ao meu *Livro de Sombras* instruções para abrir esse portal?

Jack se acostumara à varinha. Apontou-a para o livro de Nora e ordenou:

— Mostre as instruções para abrir o Portal de Glasruhen.

As páginas viraram até que pararam em determinada parte, e Jack leu:

Instruções para a Abertura de um Portal para Annwn
Para escancarar o portal
do território mágico de Annwn,
o Tesouro sagrado deve ser encontrado,
e, diante das Sentinelas, levado.

— Mas isso tudo já foi feito — reclamou Camelin. — E depois?

— Está tudo certo, Jack. Não lhe dê atenção. O que mais diz o livro?

Primeiro, é preciso os cinco galhos alinhar.
Então, as palavras rituais conhecidas pronunciar.
Do santuário segurem, com cuidado, o Tesouro
e, em seguida, façam brilhar a noz de ouro.

Jack ficou preocupado.

— Não conheço nenhuma palavra do ritual.

— Eu conheço — interrompeu Nora. — A você cabe desejar que o portal apareça. Eu me encarrego das palavras apropriadas. Continue se concentrando e apontando a varinha para a arcada. Só queremos luz, não faíscas, está claro?

Jack suspirou.

— Vou fazer o melhor que posso.

— Agora chegou a sua vez, Elan. Apanhe os cinco galhos e os estenda em ordem, começando do outro lado das sentinelas: carvalho, faia, salgueiro, bétula e, por último, pinheiro.

Elan alinhou os galhos entre as duas árvores, formando um tapete verde no chão da floresta. Nora passou a noz a Elan, que a colocou no meio da palma da mão.

— Está tudo pronto — anunciou Nora. — Comecemos.

Jack apontou a varinha e desejou com todas as suas forças que o portal surgisse. Nora sussurrou algumas palavras que ele não compreendeu. Uma suave luz dourada começou a brilhar da palma da mão de Elan. Quanto mais Jack se concentrava, mais aumentava o brilho da noz. Embora tentasse manter a luz constante na ponta da varinha, as mãos tremiam. De repente, a luz ofuscante o forçou a fechar os olhos. Jack piscou e voltou a abri-los. Diante dele, erguia-se um par de altas portas verdes cobertas de entalhes dourados que cintilavam tanto quanto a noz.

— Você conseguiu! — berrou Camelin de alegria. — Você conseguiu!

— Que visão maravilhosa! — exclamou Nora. — Já estava ficando preocupada com medo de não voltar a ver o Portal de Glasruhen.

O Portal de Glasruhen

— Até que enfim — suspirou Elan. — Parabéns, Jack, agora há esperança para todos nós.

Jack não conseguia desgrudar os olhos das portas, que ocupavam a arcada entre os dois Carvalhos Sentinelas. Nunca vira nada parecido antes.

— E agora? — perguntou.

— Agora entraremos na cidade de Annwn — respondeu Elan.

— Não demoramos; num segundo vamos estar de volta. Podem esperar aqui, e antes das dez da noite já estaremos em casa — avisou Nora, irrequieta. — Por precaução, acho melhor levar também a sua varinha conosco, Jack. Não queremos nenhum acidente e, por enquanto, não deve usá-la sem supervisão.

Nora e Elan, de posse do caldeirão, deram um passo à frente. Quando Nora passou por Jack, se deteve e esperou ele depositar a varinha e o *Livro de Sombras* dentro do caldeirão, ao lado da varinha de Camelin.

— Comportem-se — disse ao pisar no primeiro galho.

Um ruído baixo tomou conta da floresta. As duas portas se abriram, e um brilho verde cintilou através da fenda. Quando pisaram no segundo galho, a porta abriu um pouco mais e rangeu bem alto até afinal se abrir por completo. Nora e Elan pisaram no galho da faia e desapareceram logo a seguir.

— Aonde elas foram? — perguntou Camelin.

— Simplesmente sumiram.

Camelin pisou no primeiro galho e espiou. Jack, ainda trêmulo, não conseguia se mover.

— O que está vendo daí?

— Nada. Venha, vamos dar uma olhada, só uma olhadinha, não vai tirar pedaço.

Jack não se mostrou satisfeito.

— Não podemos, nós prometemos.

— Aí é que você se engana; nós não prometemos nada.

— Você não prestou atenção? No livro dizia que só temos permissão para entrar no dia de Samhain. Se desobedecermos, vamos acabar metidos numa baita confusão.

— Eu ouvi tudinho, mas por acaso mencionaram corvos?

Jack fez que não com a cabeça e tentou protestar, mas Camelin prosseguiu:

— Claro que não. E não vamos caminhar pelos galhos, podemos voar. Que tal?

— Daqui a pouco, Nora estará de volta. Melhor esperarmos mais aqui como ela pediu. O que vai acontecer se ela voltar e não nos encontrar?

— Eu quero ir ao festival.

— Eu também — piou uma voz familiar.

— E eu também — afirmou Charkle.

— Vocês nos seguiram de novo — repreendeu-os Camelin.

— Alguém disse a gente não podia seguir vocês? Deviam nos procurar para avisar quando fossem viver outra aventura — respondeu Timmery. — Não se esqueçam, agora temos um segredo.

Zangado, Camelin fitou os morceguinhos.

— Talvez minha família tenha ido para Annwn antes de os portões fecharem. Não sossego enquanto não tiver procurado em todos os lugares. Gostaria de entrar e procurá-los.

— Vamos, Jack, podemos dizer que nossa intenção era ajudar Charkle. Você prometeu a ele que, quando o caldeirão tivesse sido refeito, nós o ajudaríamos.

— Eu sei que prometi — concordou Jack —, mas...

— Sem essa de "mas". Trate de se transformar agora mesmo. Suas roupas podem ficar aqui; ninguém vai encontrá-las. Um, dois e três: todo mundo de olho fechado.

O Portal de Glasruhen

Jack sacudiu as penas. Embora insatisfeito em atravessar o Portal de Glasruhen mesmo como pássaro, o brilho verde a cintilar pelo portal era uma tentação. Além do mais, também morria de vontade de visitar o festival.

— Você prometeu não demorar. Vamos dar só uma espiadela rápida. Eu disse a Orin que não chegaria tarde.

— Antes de você se dar conta, vamos estar de volta.

— Será que está escuro em Annwn? — perguntou Timmery. — Já anoiteceu.

— Dê uma olhadinha e conte o que está acontecendo. Se Nora ainda estiver do outro lado, vai logo nos ver, mas não vai perceber você.

— Ai! O início de uma aventura... Adoro aventuras.

— Acho que não vamos demorar o suficiente para que se transforme em aventura, Timmery — disse Jack, mas o morceguinho já batera as asas e penetrara na cintilante luz verde.

— Nossa, foi rápido! — exclamou Camelin ao ver Timmery reaparecer. — Como é? Nora estava lá? Alguém viu você?

— Não enxerguei nada. O sol está brilhando do outro lado.

— Deixa que eu vou — ofereceu-se Charkle. — Eu consigo enxergar à luz do dia.

— Você não conseguiu enxergar nadinha? — perguntou Camelin depois que Charkle se fora.

Antes que Timmery pudesse responder, Charkle bateu as asas e atravessou a arcada.

— A passagem é segura. Não vi ninguém por lá. Está tudo deserto.

— Deserto? — grasnou Camelin. — Como assim, deserto? E o festival?

— Nem festival, nem gente. Somente colinas e campos.

— Vamos, Jack, precisamos ver com os nossos próprios olhos. Tem de haver um festival.

Jack hesitou.

— Tudo bem quanto a vocês, mas, se formos pegos, eu sou humano. Quem vai estar em apuros sou eu.

— Primeiro teriam de nos pegar — riu Camelin. — Podemos voar mais rápido do que qualquer pessoa consegue correr. E aí, vem ou não vem?

— Acho que vou.

Timmery esvoaçou perto do portal.

— O que eu faço? Não enxergo nada do outro lado.

— Então vai ter de ficar aqui. Charkle pode fazer companhia a você. Quando voltarmos, prometo contar tim-tim por tim-tim tudo o que aconteceu — retrucou Camelin.

— Ou você pode ir agarrado às minhas costas — sugeriu Jack.

— Mas vai precisar segurar firme.

— Ah, isso mesmo, Jack Brenin. Muito obrigado, obrigado mesmo.

Uma vez que Timmery se havia instalado entre as penas de Jack, Camelin saltitou.

— Prontos?

— Prontos — responderam Timmery e Charkle.

— Como saberemos a hora de voltar? — perguntou Jack.

— Quando não conseguirmos mais comer — gargalhou Camelin. — Vamos lá, vamos procurar o tal festival.

Jack observou os outros desaparecem em meio à luz verde cintilante. Hesitou um instante antes de levantar voo e segui-los, atravessando o Portal de Glasruhen.

EM ANNWN

Do outro lado do portal, o resplendor verde se apagou, sendo imediatamente substituído pela ofuscante luz do sol. A planície ondulante se estendia até onde a vista podia alcançar, tanto à esquerda quanto à direita de uma estrada batida. Apesar do brilho a cegá-lo, Jack viu o céu de um azul violáceo pontilhado por algumas nuvens que desfilavam lentamente. A trilha serpenteava do portal até sumir de vista acima do cume de uma pequena colina. As únicas árvores próximas ao portal eram os dois Carvalhos Sentinelas. Camelin se encontrava empoleirado num dos galhos mais baixos.

— Achei que tivesse mudado de ideia.

— As árvores não vão contar a Nora o que fizemos?

— Que nada! Esta parte da floresta dorme há anos, e as dríades só nos seguiram até o portal.

— Mas e as Sentinelas?

— Faz centenas de anos que não se movem. Seria preciso uma mágica forte de verdade para acordá-las.

Camelin rodopiava no galho.

— Estamos em missão oficial — grasnou em voz alta, parando em seguida e aguçando os ouvidos. — Está vendo o que eu disse? Nem sabemos os nomes delas... Não vão acordar se não nos dirigirmos a elas de modo apropriado.

Jack ficou aliviado com a imobilidade das árvores. Ele não achava que ir ao festival podia ser considerado uma *missão oficial*. Percebeu que Camelin estava ficando impaciente quando este pulou de um pé para o outro.

— Ande logo, estamos perdendo tempo. O festival deve ser perto da Cidadela, que só pode ser no fim dessa estradinha.

— Não sei se deveríamos prosseguir. Você falou que a gente ia dar só uma espiada. Como sabe que a Cidadela fica para lá?

— Gwillam me contou que é impossível se perder em Annwn, porque todas as estradas levam ao Palácio de Vidro, localizado no centro da Cidadela. Ande logo.

Antes de Jack ter tempo de responder, Camelin alçou voo na direção da colina.

— Você vem, Jack? — perguntou Charkle. — Qual o mal em dar só uma olhadinha?

— Ai, por favor, Jack, já estamos aqui mesmo — piou Timmery.

— Imagino que uma olhadela não vá tirar pedaço. Segure firme.

Conforme Jack seguia a trilha, teve tempo de olhar as campinas lá embaixo. Nenhum pássaro cantava, e não viu uma única pessoa. Talvez estivessem todos no festival, mas aquele vazio era bem estranho. O único som era o bater das suas asas.

— Não gosto nada disso — berrou para Camelin. — Por que está tudo tão quieto? Onde estão todos?

Camelin alcançou o topo da colina e aterrissou na grama.

O Portal de Glasruhen

— Caramba! Jack, olhe só isso.

Jack pousou ao lado dele. De tão encantado, não conseguia falar.

— O que é? — indagou Timmery. — O que estão vendo?

— Dá para enxergar a quilômetros — contou Jack. — E é tudo tão lindo.

— Viu só? É exatamente como eu tinha dito — grasnou Camelin.

— Como é? — piou Timmery.

Jack respirou fundo antes de tentar descrever o lugar mais lindo que já tinha visto.

— Há um lago cercado por enormes carvalhos e, no meio, um palácio com quatro torres de vidro. Tem uma bandeira tremulando em cada uma delas...

— É a Cidadela — interrompeu Camelin.

— E, atrás do palácio, vemos as montanhas...

— É onde ficam as *Cavernas do Repouso Eterno* — acrescentou Camelin, muito bem-informado. — É para lá que vão os druidas.

Jack suspirou.

— Ei, pode me informar quem está descrevendo o lugar para Timmery? Eu ou você?

— Continue, por favor.

— Há aldeias, mais colinas e um negócio parecido com um pântano, onde existe um enorme monte rodeado de pedras altas como as da colina de Glasruhen.

— E, o melhor de tudo, há um festival — completou Camelin. — Por isso esse silêncio; todos os habitantes de Annwn estão lá.

— Essas montanhas parecem o lugar ideal para começar a busca — comentou Charkle.

— Só quando voltarmos no dia de Samhain — grasnou Camelin. — No momento, temos de comer; sinto cheiro de linguiça.

Jack continuava com ar preocupado. Não queria deixar a colina. Já tinham dado uma olhada, e ele achava melhor voltarem.

— Se todos os habitantes de Annwn estão no festival, Nora e Elan não devem estar lá também? Vão nos ver, e aí estaremos metidos numa enrascada.

— Que nada. Elas não vão estar no festival, não há a menor chance. Está vendo aquela árvore lá longe? Aquela, isolada, perto das montanhas? É a Mãe Carvalho. Nora e Elan devem estar lá recolhendo nozes para as hamadríades.

— E se já terminaram de recolher?

— Você devia ter perguntando tudo isso ao seu *Livro de Sombras*. Estamos perdendo tempo. Nora vai precisar ir à árvore Crochan e colher as folhas para preparar o elixir, e isso vai levar um tempo. Depois terá que presentear o rei do Festival com o ruibarbo.

— Rei do Festival?

— Não é um rei de verdade; só existe uma rainha em Annwn. Quando se é escolhido rei do Festival, é só por um dia. Qualquer produto do outro lado é oferecido ao rei, que os entrega aos cozinheiros para que estes, por sua vez, o preparem, e todo o povo prove a comida no Banquete do Festival. Não ficaremos até tão tarde, pois só começa ao pôr do sol. E então, vocês vêm ou vão ficar aí plantados?

— Já estou indo — anunciou Charkle. — Quero dar uma olhada nas montanhas.

— Precisamos ficar juntos — avisou Jack.

— Não me demoro. Devo estar de volta antes de Camelin terminar de comer.

— Ótimo — resmungou Camelin. — Aproveite e leve Timmery com você.

— Eu vou ficar com Jack. Está muito claro para mim. Não enxergo nada.

— Encontramos você do outro lado do portal. Não faz sentido tentar marcar um encontro noutro lugar. Se não voltar a tempo, a culpa é sua — resmungou Camelin.

— Vejo vocês depois — avisou Charkle, voando na direção das montanhas.

O Portal de Glasruhen

— Você vem? — perguntou Camelin.

Jack anuiu com a cabeça.

Ao se aproximarem do arvoredo, o som de música e risos pairava no ar. Jack viu um monte de gente. Procurou Nora e Elan, mas por sorte não as avistou. Um grupo grande, sentado na grama, cercava um homem, que devia ser contador de histórias. Perto da margem do lago, barquinhos flutuavam. Da ilha, as quatro bojudas torres de vidro do palácio faiscavam à luz do sol.

Jack viu malabaristas e dois homens, vestidos com roupas coloridas, caminhando na direção deles, em cima de pernas de pau, as cabeças quase batendo nos galhos mais baixos dos imensos carvalhos. Debaixo de cada uma das árvores a rodear o lago, mesas circulares; a maioria empilhada de comidas como bolos e tortas, mas Camelin se dirigiu àquela onde preparavam um farto churrasco. Um porco assado sobre a fogueira, uma enorme panela cheia de castanhas doces. Jack sentiu o cheiro de batatas assadas, mas o cheirinho mais delicioso de todos vinha de uma fileira de linguiças no espeto. Jack seguiu Camelin. Pousaram nos galhos da primeira das árvores, acima de uma barraquinha exibindo doces caseiros. Camelin pulou excitado de um pé para o outro.

— Olha só isso! Todos os meus doces prediletos: marshmallow, bala de mel, doce de amêndoas e mel e bolo de chocolate. Vou provar uns doces aqui antes de atacar as linguiças. O que está esperando? Vamos nos servir.

Antes que Jack pudesse fazer qualquer comentário, Camelin mergulhou na direção dos doces. Um grito alto de uma das mulheres. Ela pegou uma vassoura e partiu para o ataque. Camelin deu uma guinada e voltou ao galho com o bico lambuzado de calda de chocolate.

— O que houve? — conseguiu grasnar apesar da boca cheia.

— Acho que ela chamou você de ladrão!

— Chamou mesmo — confirmou Timmery. — E mandou você ficar com esse bico ladrão bem longe do bolo dela.

O tumulto não passou despercebido. A multidão abaixo ergueu as cabeças para os galhos, tentando descobrir onde Camelin se escondia.

— Eu pensei que pudéssemos nos servir do que bem entendêssemos — resmungou. — Sonho com esse instante há anos. Não foi assim que eu imaginei. Nunca ninguém comentou nada sobre ataques com vassouras.

— Não tenho certeza de que a comida seja de graça. Olhe ali. Parece que aquelas pessoas estão pagando por alguma coisa.

— Não, não é possível; não existe dinheiro em Annwn. Talvez eu devesse ter feito a minha *break dance*.

— Talvez seja melhor irmos embora. Essa gente não me parece muito amigável.

— Confie em mim, sei o que estou fazendo. Vou até lá entreter aquele homem que está preparando churrasco e trarei uma fileira de linguiças num minuto, você vai ver.

Jack sabia que Camelin já tomara a decisão, portanto não valia a pena tentar dissuadi-lo. A brisa trazia o cheirinho de churrasco. Camelin respirou fundo e saltitou rumo à fogueira.

— Lá vamos nós! — grasnou, descendo em voo triplo antes de pousar graciosamente diante do homem que fritava as linguiças. Começou de imediato a rodopiar e arrastar os pés.

Jack teve a impressão de que o homem parecia preocupado ao se abaixar e atirar algo que Camelin pegou com o bico. Arremessou o prêmio no ar e o engoliu todinho, depois teve um ataque de tosse e engasgou.

— Ai, que nojo! É carvão.

O homem atirou mais dois pedaços para Camelin e começou a sacudir os braços.

O Portal de Glasruhen

— Plano B — grasnou Camelin, voando na direção do churrasco. Passou num rasante pela fogueira e abocanhou uma fileira de linguiças cozidas. Com dificuldade, tentou ganhar altura, até afinal pousar em segurança nos galhos com o prêmio.

Furioso, o homem berrou e apontou para a árvore. A multidão começou a se juntar. Camelin não demonstrou a menor inquietação.

— Delícia! — exclamou em tom triunfal. — Aceitam uma?

— Não, obrigado — responderam Jack e Timmery em coro.

Jack se sentia muito desconfortável. A árvore frondosa os protegia do grupo de pessoas abaixo, mas esse não parecia o lugar lindo e sereno do qual lhe tinham falado. Alguma coisa estava errada. Já era chegada a hora de voltar para casa.

— Acho que devemos atravessar o portal agora mesmo.

— Por quê? Essas linguiças estão deliciosas, vocês precisam provar.

— Não deveríamos ter vindo.

— Mas acabamos de chegar. Ainda nem passeamos pelo festival.

— Acho que nenhuma das pessoas lá embaixo vai deixar a gente passear.

Camelin terminou de saborear a última linguiça e olhou para baixo, para o que agora parecia uma multidão irada.

— Talvez tenha razão. Já viemos e demos uma olhada. Não quero mais ninguém atirando pedaços de carvão em mim.

Jack se sentiu mais tranquilo ao sobrevoarem a pequena colina acima da aldeia. Olhou para trás algumas vezes. Nem sinal de Charkle. Bem, pelo menos, ninguém os seguia. Faltava pouco para alcançarem o Portal de Glasruhen.

— Vai ser diferente da próxima vez, garanto. Acompanhados de Nora e Elan, ninguém vai atirar carvão na gente. Seremos convidados.

— Valeu a pena. Nunca comi linguiças tão gostosas em toda a minha vida. Você precisa provar da próxima vez que viermos a Annwn. Foi uma pena não termos tido a chance de provar as tortas.

Jack riu. Será que Charkle já os esperava do outro lado do portal? As portas abertas do Portal de Glasruhen encontravam-se bem à frente. Podia enxergar a luz verde cintilando na arcada.

— Pronto? — perguntou Camelin ao se aproximarem dos Carvalhos Sentinelas.

Jack não teve chance de responder. Viu Camelin parar no meio do voo. As asas batiam, mas ele não conseguia sair do lugar. Segundos depois, Jack também foi detido. Tentou se livrar da barreira invisível na qual ambos haviam sido pegos. Dois homens, com rapidez surpreendente, pularam de detrás das portas.

— Pegamos eles, Jed, apanhamos eles em flagrante.

— Se pegamos, Teg, vamos levar os dois de volta para a Cidadela. Sua Majestade não vai gostar nada de saber que abriram o Portal Oeste.

Emaranhados numa rede fina de prata, presa entre os Carvalhos Sentinelas, tinham consciência da inutilidade de tentar escapar. Camelin balançou a cabeça e emitiu um som sibilante, que Jack assumiu ser um recado para que ele não falasse. Nenhum deles tentou fugir quando os dois homens soltaram a rede. Estavam apertados demais para escapulir. Os homens uniram as extremidades da rede, deram um laço, enfiaram uma estaca comprida no buraco e, carregando a rede com os dois prisioneiros nos ombros, lá se foram para a Cidadela.

— Não dava pra imaginar que uns passarinhos pesassem tanto, né? — perguntou Jed, esforçando-se para subir a colina.

— Nunca pegamos uns tão pesados. Sua Majestade não vai ficar nada satisfeita de saber que entraram — concluiu Teg.

O Portal de Glasruhen

Bufavam e arfavam, escalando com dificuldade a colina. Acabaram abaixando a estaca para recuperar o fôlego.

Jack se perguntava se Camelin bolara um plano. Talvez tivessem a oportunidade de fugir quando a rede fosse removida. Ele já tentara fazer um furo com o bico, mas a teia prateada não se rompia. Falar não seria uma boa ideia. Talvez não enfrentassem grandes problemas se *Sua Majestade*, fosse quem fosse, achasse que eles não passavam de uns pássaros perdidos, que entraram pelo portal por acaso. Foi então que Jack começou a se preocupar. E se descobrissem que ele abrira o Portal de Glasruhen? Sem dúvida, *Sua Majestade* não ficaria nada satisfeita com tal informação.

Teg e Jed mais uma vez suspenderam a estaca e a acomodaram nos ombros. Jack ficou enjoado com o balançar da rede de um lado para outro. Então, ao se aproximarem dos círculos de carvalhos próximos à beira-d'água, ouviam-se vozes. Ao passarem por um grupo de pessoas, conversas e risos cessaram. Primeiro, reinou o silêncio e, a seguir, cochichos.

— Parem! — vociferou uma das mulheres ao ver Jed e Teg passarem.

— Esse é o ladrão que atacou meu bolo de chocolate com calda.

— E aquele ali roubou minhas linguiças — esbravejou o homem que preparava churrasco.

Jed parou e tirou uma lousa do bolso. Teg lhe entregou um lápis.

— Se quiserem dar um depoimento, passo pro capitão da guarda. Vamos apresentar nosso relatório assim que chegarmos à Cidadela.

A mulher da barraca de doces não perdeu tempo em narrar todo o incidente. Depois, foi a vez de o homem da barraca de churrasco se adiantar.

— Não se esqueça de anotar que ele roubou uma fileira inteira de minhas melhores linguiças.

— Melhores linguiças, uma fileira inteira — repetiu Jed enquanto anotava.

Jack se perguntava como as pessoas sabiam que eles eram os mesmos pássaros que haviam visto antes. Então, Camelin arrotou, e todos olharam atravessado. Agora, sim, estavam atolados até o pescoço. Seria um crime grave um pássaro roubar comida? Os pássaros na Terra sempre apanhavam a comida que encontravam. Jack se perguntou o que faziam com os corvos em Annwn.

Jed e Teg prosseguiram até a margem do lago onde havia um barquinho atracado. Teg entrou.

— Passe os dois pra mim.

Ao colocá-los dentro do barco, Jed não parecia se importar que Jack e Camelin se chocassem contra os bancos.

O barco era muito desconfortável. Atirados no fundo, toda vez que balançava os dois se molhavam. Jack ficou satisfeito quando alcançarem a outra margem e cessaram os sacolejos. Mais uma vez, os homens içaram a estaca aos ombros. Contudo, em vez de subirem para a Cidadela, desceram um lanço de escadas cavadas num penhasco. Os degraus conduziam do cais a um portão. Jed bateu na porta larga com a extremidade da estaca e gritou bem alto:

— Prisioneiros para o calabouço.

Jack engasgou. Estavam mesmo metidos numa baita enrascada.

TREMENDA ENRASCADA

— Aqui — ordenou o guarda, abrindo a porta externa.

Jed e Teg retiraram a rede de metal da estaca e a jogaram no piso do calabouço. Jack e Camelin foram parar no pavimento de pedras. A iluminação diminuiu quando os guardas se retiraram e bateram a porta. Uma grade minúscula na porta deixava passar uma réstia de luz da tocha acesa presa na parede do corredor. O som de passos do lado de fora foi seguido pelo silêncio.

— Está todo mundo bem? — perguntou Jack.

— Espremido, esgotado, machucado e encharcado — resmungou Camelin.

— Eu estou bem, apenas um pouco tonto — informou Timmery.

— E agora, o que faremos? — continuou Jack.

— Se eu me espremer e conseguir passar lá para fora, posso dar uma olhada — sugeriu Timmery. — Posso descobrir onde ficam as coisas e ver se descubro um meio de escapar.

— Achei que não conseguisse enxergar nada — resmungou Camelin.

— Isso lá fora. Aqui, no escuro, enxergo tudo.

Jack e Camelin ficaram imóveis até Timmery conseguir se desenrolar e se espremer entre uma das frestas da rede.

— Volto logo — avisou animado, antes de bater as asas e passar pela grade da porta.

— Vamos tentar nos livrar da rede — sugeriu Camelin. — Desde que a gente foi pego, venho tentando abrir um buraco com o bico, mas não deu certo.

— Eu também tentei. Deve ser feita de um material forte mesmo. Acha que tem espaço para eu me transformar na rede? Aí eu posso desfazer os nós.

Camelin se retorceu ao máximo.

— Grande ideia, Jack. Aposto que tem espaço suficiente.

Ao tocarem as testas, o calabouço se iluminou. Quando Jack conseguiu enxergar, a luz já desaparecera. Achou que ficaria espremido na rede, mas não. Esticou a mão, procurando o nó, mas nada aconteceu. Não tinha mãos, como esperava, e sim penas e asas.

— Ei, que coisa esquisita. Eu não mudei.

— Muito esquisita mesmo. Estou pelado.

— Como pode? Isso quer dizer que você é um menino.

— Um menino? Depois de todos esses anos, voltei a ter braços e pernas. Sou um menino!

— Como?

— Sei lá, deve ter a ver com o fato de estarmos em Annwn. Na Terra, você é um menino, e eu, um corvo; mas aqui é o contrário. Nora disse que eu poderia voltar a ser menino em Annwn, mas achei que ela queria dizer que eu poderia me transformar graças à magia. Nunca pensei que aconteceria desse jeito.

— Pode desfazer o nó?

— Vou tentar.

Camelin se atracou com a rede um tempão. Afinal conseguiu desfazer o nó. Saiu e manteve a rede aberta para dar passagem a Jack, que abanou as penas enquanto Camelin andava pela cela.

O Portal de Glasruhen

— Sou um menino de verdade! Olhe, eu posso andar!

— Não acha melhor se transformar de novo caso alguém chegue?

— De jeito nenhum. Ainda não. Esperei muito tempo para ter pernas de novo, me deixa aproveitar um pouquinho. É bom demais...

Jack suspirou. Não conseguia disfarçar a preocupação.

— Vamos torcer para Timmery trazer boas notícias. Se pudermos escapar daqui, voamos o mais rápido possível até o Portal de Glasruhen.

— E se tiver outra rede à nossa espera?

— Quando fomos apanhados, deu para ver que a rede não chegava ao topo da arcada, então é por lá que vamos tentar escapar. Será como atravessar a janela do tempo de novo. Sabemos que podemos passar por um espaço pequeno com as asas encolhidas.

Jack ficou impressionado com o fato de Camelin já ter bolado um plano de fuga.

— Não quero nem ouvir o que Nora vai dizer.

— Acha que podemos voltar sem que ela descubra?

— Duvido muito. O que você acha?

— É, tem razão. Estamos numa baita enrascada. Sinto muito ser o responsável pela situação. Prometo nunca mais apanhar comida, mesmo que digam que é de graça. Nora não vai se zangar com você. Vou contar que foi tudo minha culpa. Sabe que ela vai acreditar em mim.

— Não é tudo culpa sua. Eu não precisava entrar em Annwn. A verdade é que eu queria, mas tinha medo de me meter em confusão.

— Pelo menos eles não sabem quem somos. Ouviu os guardas? Acham apenas que dois pássaros entraram em Annwn.

— Quem você imagina que seja *Sua Majestade*?

— Sei lá.

— Nunca Gwillam ou Nora mencionaram esse cara?

— Nunquinha. Eles me falaram sobre o Conselho Sagrado, mas não dos lordes. Eu já disse, Annwn tem uma rainha.

— Como ela é?

— Não sei, mas Gwillam disse que ela tem três cabeças.

— Três cabeças?

— Isso mesmo. É meio assustador, não acha? Nunca vi nada com três cabeças antes.

Jack não tinha certeza se precisaria encontrar a rainha de Annwn.

— Achei que fosse conhecida como a rainha do Povo Feérico.

— E é.

— Isso quer dizer que todo o povo feérico tem três cabeças?

Antes que Jack obtivesse a resposta, Timmery passou pela grade.

— Quem é você?

— Sou eu, Camelin.

— Mas você é um menino!

— Eu sei. Não é maneiro? Olha só!

Camelin fez a versão humana da *break dance* na cela. Jack só conseguiu enxergar o vulto, mas tinha uma boa ideia do que Camelin fazia.

— Você está nu — anunciou Timmery.

Camelin parou de dançar e logo se sentou.

— Eu sei, mas ninguém pode me ver.

— Eu posso; enxergo muito bem no escuro.

— Acho que está na hora da transformação, Jack. Tape os olhos, Timmery.

Jack e Camelin encostaram as testas. Nada de luz.

— Posso olhar agora?

— Não, temos de tentar de novo.

Mais uma vez, encostaram as testas, demorando um pouco mais, porém nada aconteceu.

— O que deu errado? — perguntou Timmery.

— Temos um problemão. Estou lascado, não consigo me transformar. Mesmo se conseguirmos escapar, não posso voar e passar pelo Portal de Glasruhen.

— Não se preocupe, vamos dar um jeito de escapar. Quando anoitecer, Timmery pode ir ao encontro de Nora, e ela vai nos tirar daqui.

O Portal de Glasruhen

— Isso se Timmery conseguir sair.

— Acho que consigo. Já dei uma olhada. A única porta para o lado de fora é aquela por onde entramos e é bem sólida, mas eles vão acabar trocando a guarda. Posso me esconder na parte de trás do capuz do cara quando ele passar pela porta. Só precisamos esperar.

Camelin começou a amontoar a rede.

— Você também tem um plano? — perguntou Timmery.

— Que nada! Achei que podia tentar usar a rede como roupa, porque não quero que ninguém me veja nu.

— Mas a rede é esburacada. Por que não usa os sacos que estão no fundo da cela? Acho melhor.

— Não estou vendo nenhum saco.

— Eu estou. Afaste-se da porta e siga na direção da outra parede... Isso... Um pouco à esquerda... Mais um pouco. Pronto. Agora pare e se incline.

Camelin seguiu as instruções de Timmery e localizou os sacos.

— Tem umas velas aqui também, mas elas vão servir tanto quanto um cubo de gelo quente.

Camelin fez um buraco na parte de cima de um dos sacos e dois nas laterais e o enfiou pela cabeça.

— Como isso pinica — resmungou.

— Melhor do que ficar pelado — disseram Jack e Timmery em coro.

— Psiu! — sussurrou Jack. — Ouçam.

Som de passos no corredor. Um rosto apareceu na grade. A chave girou e, por uma fresta, dois pratos apareceram antes de baterem e trancarem a porta de novo.

— Maneiro! Comida! Achei que não íamos ganhar nada para comer.

— O que temos aí?

— Um prato com água e..., você não vai acreditar..., alpiste!

Jack caiu na gargalhada.

— Não tem graça nenhuma; até pão velho seria melhor.

— Quanto tempo acha que Nora e Elan vão ficar em Annwn?

— Por quê?

— Já pensou se Nora voltar e não nos encontrar?

— Nossa, isso vai ser péssimo. Precisamos de outro plano e rápido.

— Charkle poderia ajudar. Afinal, ele consegue enxergar na luz — sugeriu Timmery.

— Mas nós não sabemos onde ele está, e ele não tem a menor ideia de onde estamos — concluiu Camelin.

— A não ser que enviemos algum tipo de sinal. Em breve, ele deve passar pela Cidadela. Que tal o chamado do corvo? Assim, se ele ouvir, vai saber que estamos com problemas.

Camelin suspirou.

— Não tem uma ideia melhor, não? Ele nunca vai ouvir se estamos dentro de uma caverna no penhasco.

— Vai sim, ora se vai — disse Timmery animado. — A audição dos dragonetes é incrível e, desde que ele virou morcego, melhorou mais ainda.

— Podemos tentar — disse Jack.

— Bem, não custa nada tentar — concordou Camelin.

Jack atirou a cabeça para trás e começou a grasnar; Camelin se uniu a ele, mas o chamado não saiu tão bom como de hábito. Timmery acrescentou a sua versão, mais semelhante a um gritinho histérico. O chamado foi emitido uma vez, duas vezes, até uma batida na porta obrigá-los a se calarem.

— Parem de fazer barulho — gritou o guarda, destrancando a porta.

Timmery voou para o teto, Camelin tentou se esconder num canto, e Jack ficou imóvel no meio da cela.

— Saiu da rede, hein? Não comeu? — O guarda percorreu a cela com a tocha acesa e ficou paralisado. Depois de um tempo conseguiu falar. — O-o qu-que você está fazendo aqui? Onde foi parar o outro

O Portal de Glasruhen

pássaro? Vou ter de relatar isso. Parece que pegamos ao mesmo tempo um espião camaleão e um corvo ladrão. O rei vai ficar um bocado satisfeito.

A porta bateu de novo, mergulhando todos na escuridão.

— Essa é a sua chance. Quando os guardas saírem para ir à Cidadela, você escapa — sussurrou Jack.

Nenhuma resposta do morceguinho.

— Timmery! — chamou Camelin.

— Ele já deve ter saído. Tomara que consiga ajuda logo.

Sentaram em meio ao silêncio, interrompido apenas pelo som de Camelin remexendo o alpiste.

Jack acordou sobressaltado. O ronco alto vindo do vulto escuro ao seu lado era a confirmação de que Camelin dormira. Não tinha ideia da hora nem de quanto tempo se passara desde que haviam sido trancafiados na cela. Onde estaria Timmery? A ajuda já estaria a caminho? Não fazia sentido acordar Camelin; talvez o melhor a fazer fosse tentar dormir de novo. Fechou os olhos; então, pensou ter ouvido alguém chamar seu nome. Prestou mais atenção e voltou a ouvir seu nome.

— Jack, Jack.

Dessa vez mais perto.

— Camelin, onde está você?

— Charkle! — exclamou Jack. — Aqui.

Um minúsculo morcego de rabo comprido passou entre as grades.

— Andei procurando vocês por toda parte.

— Como conseguiu entrar?

— Primeiro vamos iluminar um pouco esse lugar — disse Charkle, soltando uma pequenina chama. Tão logo viu o menino, a chama se apagou.

— Quem é esse? Cadê Camelin?

— Eu sou Camelin.

— Mas...

— Eu sei, sou um menino. Não temos tempo para explicações; conte o que sabe e como entrou. E o mais importante: podemos sair?

— Espere um segundo. Você não tinha encontrado uma vela perto dos sacos? Pelo menos vamos conseguir um pouco de luz — disse Jack.

O fogo de Charkle permitiu a Camelin encontrar de novo a vela. Uma vez acesa, sentaram-se em torno dela.

— Então, podemos sair?

— Não sem ajuda. Sabia que tinham se metido em alguma confusão quando ouvi o chamado do corvo, mas não imaginei que pudessem estar tão enrascados. Para começar, como vieram parar no calabouço?

Camelin tossiu.

— É uma longa história, e não temos tempo para contar. Pode sair de novo e procurar Nora?

— Vou sair e esperar perto da porta. Entrei quando alguém saiu; devem abrir a porta de novo a qualquer instante.

— Você viu Timmery? — perguntou Jack.

— Não, mas não estava procurando por ele.

— Encontre Nora, diga onde estamos e implore que venha nos tirar daqui — pediu Camelin.

— Onde devo procurá-la?

Camelin esticou um dos sacos e começou a espalhar alpiste até ter desenhado alguns dos lugares vistos da colina. Apontou para uma das pilhas de alpiste. Charkle sentou em seu ombro e examinou.

— Você se lembra daquela árvore perto das montanhas?

— A Mãe Carvalho?

— Isso mesmo. Era para lá que Nora e Elan iam primeiro. Depois de recolherem as nozes, devem visitar Gwillam, aqui, perto do Portal Norte.

O Portal de Glasruhen

— Como sabe que ela vai à casa de Gwillam? Ela não precisa ir até a árvore Crochan? — interrompeu Jack.

— A árvore Crochan fica no jardim de Gwillam. Além do mais, mesmo que não tenha conseguido as nozes, vai à casa dele. Afinal, eles são irmãos.

— Irmãos? — repetiram Jack e Charkle em coro.

— Não tenho tempo a perder com explicações sobre árvores genealógicas. Temos assuntos mais importantes. E aí, acha que pode encontrá-las?

— Espero que sim. Aposto que Nora consegue tirar os dois daqui num piscar de olhos. Volto com ajuda assim que der.

Charkle passou pela grade e sumiu.

— E agora? — perguntou Jack.

— Esperamos.

— Estou ficando com fome.

— Eu também, mas não vou comer alpiste. Fique à vontade, sirva-se.

Jack balançou a cabeça. Quanto tempo demoraria até a chegada de socorro?

O ranger de uma porta a distância quebrou o silêncio dentro do calabouço. Jack e Camelin aguçaram os ouvidos e acompanharam os passos. A chave girou na fechadura.

— Acha que Charkle saiu? — perguntou Jack.

— Saiu, saiu, sim — disse uma voz animada do outro lado da grade.

Timmery entrou esvoaçando na cela.

— Não tivemos oportunidade de falar, mas nos vimos. Ele foi buscar socorro?

— Esperamos que sim — disse Jack.

— Por que você voltou? — perguntou Camelin.

— Não tive escolha. Imaginei que estivessem curiosos para saber das novidades. Não são boas; nada boas.

— Puxa, muito obrigado mesmo — resmungou Camelin.

— Não ligue para ele, conte o que descobriu.

Timmery esvoaçou sobre suas cabeças. Jack notou que algo o deixara incomodado.

— Vocês estão encalacrados até o pescoço. O guarda foi à Cidadela. Quando um homem de aparência importante entrou no salão, o guarda fez uma reverência, e eu quase caí do capuz...

— Pule os detalhes, conte apenas o essencial. O que vai acontecer conosco? — perguntou Camelin.

— Já chego lá. O guarda chamou o homem de *Sire*. Achei que só chamassem os reis de Sire.

— Tem razão — concordou Jack.

— Então, quem era? — perguntou Camelin.

— O nome dele é Velindur.

Camelin pareceu confuso.

— Annwn nunca teve um rei. Tem alguma coisa errada nessa história.

— Ele é quem decide tudo — continuou Timmery. — Ficou furioso quando o guarda contou que um dos corvos no calabouço tinha se transformado em menino. Berrou, chamou você de espião camaleão e disse que vai ser interrogado.

— E quanto a mim? — perguntou Jack. — O que ele disse sobre o outro corvo?

— Acha que você roubou a comida; disse que você era ladrão e seria julgado. Vai reunir o Conselho Sagrado para que decidam a punição dos dois.

— Isso não é nada bom — suspirou Camelin. Estamos mesmo enrascados até o pescoço. Se formos a julgamento, Nora não vai poder

O Portal de Glasruhen

nos ajudar. O Conselho Sagrado decidirá o nosso destino. Pior ainda se descobrirem que entramos pelo Portal de Glasruhen...

— E sem sermos convidados — acrescentou Jack. — Vão dizer que somos invasores, não é?

— Isso mesmo.

— O que vão fazer conosco?

— Não sei, mas não tenho a menor pressa para descobrir.

INTERROGATÓRIO

— O que é isso? — perguntou Timmery, sobressaltando-se ao ouvir um ruído.
— Camelin — explicou Jack.
Timmery olhou para Camelin.
— Desculpe, mas aquele pedaço de carvão deixou o meu estômago embrulhado.
— Não acha que pode ter a ver com o bolo de chocolate e as sete linguiças que comeu? — inquiriu Timmery.
— Como sabe que foram sete?
— Jack me contou.
— Obrigado, Jack.
Sentaram-se no mais absoluto silêncio, interrompido de vez em quando pelo barulho da barriga de Camelin. Um tilintar de chaves os alertou.
— De pé, sem tumulto, não queremos confusão — ordenou o guarda ao destrancar a porta.
Jack viu Jed e Teg atrás do carcereiro.

O Portal de Glasruhen

— A rede tá pronta, Teg?
— Prontinha.
Teg pulou no aposento, segurando o que parecia uma grande rede de pesca. O guarda ergueu a tocha na direção de Camelin enquanto Teg prendia Jack.
— Estenda os braços, garoto — disse Jed.
Camelin obedeceu. Braceletes de aço frio algemaram-lhe os pulsos. Jed puxou a corrente presa nas algemas e arrastou Camelin em direção da porta.
O guarda apontou Jack.
— O pássaro também?
— A-hã, o pássaro também. Ele disse pra levar os dois prisioneiros, e a gente obedece às ordens.
Jack se sentiu mal. Ouviu o ronco alto da barriga de Camelin. Achou que dessa vez o responsável não fosse o carvão. Teg apanhou um dos sacos, virou a rede ao contrário e atirou Jack dentro do saco. Rapidamente o fechou e pendurou no ombro.

Camelin tinha razão: o saco pinicava, mas pelo menos Jack conseguiu fazer um furo no fundo para espiar. Pensou em tentar escapar enquanto subiam a escadaria cavada na rocha, mas não podia abandonar Camelin. Sabia que quebrara a Lei de Annwn e teria de se responsabilizar por seu erro. Gostaria de ter perguntado ao *Livro de Sombras* mais coisas sobre a lei; mas, na ocasião, não imaginava que um dia poderia se encontrar em tal situação.
Ao adentrarem no Palácio de Vidro, Jack ficou enjoado. Gostaria de parar de sacolejar. E parou, abruptamente, quando Teg se deteve diante de duas portas douradas. Um guarda, trajando uniforme amarelo e vermelho, deu um passo à frente.

— Prisioneiros pro rei Velindur — anunciou Teg.

As grandes portas se abriram, e Jack se deparou com um lindo aposento. Deviam estar numa das torres, pois as paredes circulares eram de vidro. Ao fundo, num trono, um homem de aparência austera, cabelos escuros e compridos, na altura dos ombros, e sobrancelhas quase juntas de tão grossas. Nem velho nem moço. Não parecia muito satisfeito em ver Jed e Teg.

— Entrem — ordenou. — Coloquem os prisioneiros na jaula e saiam.

Teg e Jed fizeram uma reverência e rapidamente caminharam até a gaiola prateada num canto afastado da sala. A jaula parecia grande o bastante para caber um homem de pé. Ao abrirem a porta, um guarda marchou na direção da parede de vidro e afastou uma cortina comprida. Jed empurrou Camelin, e Teg atirou o saco lá dentro. Jack caiu com estrondo no piso de pedra. Camelin rapidamente se ajoelhou e tirou o nó do saco.

— Por enquanto é só — disse o homem ao guarda.

Era a primeira vez que Jack via Camelin direito. Que estranho olhar alguém que se conhecia num corpo diferente... Camelin era bem mais alto que Jack. Tinha os cabelos muito escuros e fartos. Parecia mais um moleque de rua do que um aprendiz de druida com aqueles braços e pernas compridos e sujos. O saco não lhe caía muito bem. Será que Camelin se sentia tão estranho voltando a ser menino quanto Jack se sentiu da primeira vez em que se transformara em corvo? Seus pensamentos foram interrompidos quando o homem deixou o trono e circundou a jaula. Quem seria ele, o rei Velindur ou um dos membros do Conselho Sagrado? Jack obteve a resposta quando o homem se dirigiu a Camelin.

— Espero que meus súditos se curvem diante do rei.

Nenhum dos dois respondeu. Camelin permaneceu imóvel, boquiaberto.

O Portal de Glasruhen

— Pouco importa; não há espaço em Annwn para espiões ou ladrões. Os dois serão submetidos a julgamento diante do Conselho Sagrado, cujos membros vão decidir o seu destino. Entretanto, antes disso, gostaria de obter algumas respostas.

Velindur ergueu a mão e contou as perguntas nos dedos, uma a uma, enquanto falava:

— Quem são vocês? Como abriram o Portal Oeste? Quem enviou vocês? Por que vieram a Annwn? Vou deixá-los pensando nessas perguntas e, quando voltar, exijo as respostas. Entendido?

Camelin assentiu. Jack achou melhor fingir não ter entendido a conversa. O rei Velindur lhes deu as costas e se afastou. Cruzou uma porta menor que conduzia a outro aposento. Tão logo se foi, Jack ouviu o bater de asas acima da jaula. Na verdade, mais de um par de asas.

Timmery disse:

— Não olhem para cima e não digam nada, para o caso de alguém estar observando. Charkle trouxe novidades.

— Eu estava esperando perto da porta do calabouço para poder voltar e contar as boas-novas. Quando a porta se abriu, vi vocês saindo e resolvi segui-los.

Jack observou Camelin franzir a testa. Ele também gostaria que Charkle se apressasse e contasse logo as novidades.

— Encontrei Nora na casa de Gwillam. Expliquei tudinho, e ela pediu para avisar que não devem se preocupar, mas devem responder a todas as perguntas honestamente e, se for possível, Jack não deve abrir o bico. Quanto mais Velindur acreditar que ele não passa de um corvo, melhor. Camelin, diga que é aprendiz de Gwillam. Assim, aumentam as chances de tirar você daqui. Timmery vai comigo para a casa de Gwillam; Nora tem planos para nós dois. Não se preocupem. Não se esqueçam de que devem dizer sempre a verdade.

Camelin deixou escapar um suspiro profundo. Os dois morceguinhos voaram na direção da saída e grudaram numa das altas colunas perto das portas douradas. A espera não foi longa. O som de uma pancada trouxe Velindur de volta do aposento anexo. Instalado no trono, ordenou que as portas fossem abertas. Um criado entrou carregando algo numa bandeja de prata, seguido por outro que levava uma mesinha. A mesa foi depositada diante do trono, e uma deliciosa e cheirosa torta de maçã foi servida ao rei. Como Jack ficara observando os criados, não notou a partida de Charkle e de Timmery. Ele esperava que ninguém mais tivesse notado também...

Velindur comeu a torta inteirinha. Jack e Camelin observaram cada pedaço desaparecer. Um ronco baixo ressoou na barriga de Jack. Ele se deu conta de que estava faminto. Não comera nada desde que haviam atravessado o portal.

Ao terminar, Velindur andou de um lado para o outro da sala.

— Agora as respostas. Quem são vocês?

Camelin engoliu em seco e tentou falar; mas, por causa da secura na garganta, a voz saiu num sussurro rouco:

— Sou Camelin, aprendiz de Gwillam, o Supremo Sacerdote Druida e Guardião do Santuário na Gruta Sagrada próxima à Fonte do Carvalho Sagrado.

— Mentira. Gwillam não tem aprendiz, nem tampouco é guardião de santuário ou de fontes sagradas.

— Eu sou aprendiz de Gwillam — repetiu Camelin com maior firmeza.

— Como abriu o Portal Oeste?

— Não fui eu.

— Repito que está mentindo. Como então poderia ter vindo a Annwn pelo Portal de Glasruhen?

— O portal já estava aberto quando entrei.

O Portal de Glasruhen

Jack podia perceber que Velindur se enraivecia.

— Quem os mandou aqui? — perguntou aos berros, socando as grades.

— Ninguém me mandou. Vim porque quis.

— Por qual motivo?

— Porque queria ir ao festival.

— Nunca ouvi tanta mentira em toda a minha vida. Repito que você é um espião camaleão. Tente negar isso.

— Não posso me transformar e não sou espião.

O rosto de Velindur ficou avermelhado; o olhar faiscava de raiva. Jack tentou fingir que não entendia nada, mas pulou quando Velindur voltou a socar a jaula.

— GUARDA!

As portas douradas se abriram, e um dos guardas entrou e se curvou numa reverência.

— Mandem chamar Tegfryn e Jedwyn. AGORA!

O guarda saiu às pressas e retornou em seguida com Jed e Teg.

— Leve esse prisioneiro de volta ao calabouço. Não deve receber comida ou água. O Conselho Sagrado já foi convocado. O garoto deve ser trazido à presença do Conselho quando todos os membros estiverem reunidos. Pouco me importa se ele apodrecer na prisão, entenderam? Depois de largá-lo na cela, voltem, pois tenho um trabalho para vocês dois.

Jed e Teg se atrapalharam com a chave; afinal, conseguiram destrancar a jaula e puxar Camelin. Andando de costas para a porta, curvaram-se ao sair. Teg empurrou a cabeça de Camelin, obrigando-o a se curvar também.

Quando se foram, Velindur andou de um lado para outro, falando com os seus botões. Jack achou que os dois guardas voltariam para buscá-lo. Se não seria mandado de volta para o calabouço, o que fariam com ele? Por acaso comiam corvos em Annwn?

Velindur parecia preocupado. Jack torcia para que tivesse se esquecido dele.

Ao voltarem, Jed e Teg se postaram, bastante nervosos, diante de Velindur. Era evidente que o rei não estava nada satisfeito.

— Quem entrou pelo Portal Oeste?

Jed e Teg se entreolharam.

— A pergunta é simples — vociferou Velindur. — Quem entrou em Annwn?

— Os prisioneiros, Sire — respondeu Teg.

— Ninguém mais?

— Não, Sire.

— Quem abriu o portal?

— Abriu sozinho, Sire — retrucou Jed, nervoso.

— Portais não se abrem sozinhos. Vocês viram o menino abrir o portal?

Os dois guardas fizeram que não a cabeça.

— Já estava aberto quando chegamos lá, por isso prendemos a rede, Sire — explicou Teg.

— Ando pensando em atirar vocês dois no calabouço com o espião. Estou cercado de idiotas.

Jed e Teg baixaram a cabeça e olharam para os pés. Jack ficou se perguntando como eles não haviam visto Nora e Elan atravessarem o portal, mas não havia ninguém quando eles passaram voando. Talvez os guardas pudessem estar tirando um cochilo...

— Temos um problema — começou Velindur, andando de um lado para outro do aposento. — Pode ser que existam mais intrusos em Annwn. Mandei guardas vigiarem os portões. Vocês não devem dizer a ninguém que o Portal Oeste foi aberto. Quero que procurem outros intrusos. Descubram se alguém viu algo suspeito ou incomum. Não prendam ninguém, mas me garantam que terão um relatório pronto antes do pôr do sol. Entendido?

O Portal de Glasruhen

Jed e Teg balançavam a cabeça para cima e para baixo ao saírem de costas do aposento. Jack suspirou aliviado. Era evidente que Velindur nada sabia a respeito de Nora e de Elan. Torcia para que Nora aparecesse e os salvasse logo. Estremeceu ao pensar em Camelin de volta ao calabouço. Esperava que estivesse passando bem. Jack permaneceu quietinho. Não queria atrair a atenção para si. Velindur dirigiu-se ao espelho enorme de corpo inteiro e ajeitou a roupa antes de recomeçar a falar sozinho.

— O caldeirão deve ter sido refeito, não há outra explicação. O aprendiz o usou para abrir o portal e se dirigia ao encontro de Gwillam. É uma conspiração. Na certa, possui algo de que Gwillam necessita para me expulsar do trono. Bem, isso não vai acontecer. Preciso me livrar de Gwillam. Sim, essa é a solução. Ele é o único a quem o Conselho Sagrado ouve. Se eu conseguisse tirá-lo do meu caminho, ouviriam a mim. Preciso provar que o aprendiz de Gwillam espionava e colher evidências de que os dois conspiravam para conseguir me livrar de ambos. O menino deve estar mentindo. Por que escolheu se disfarçar de corvo? Não sabia que os corvos foram banidos de Annwn?

Velindur deu risadas e continuou a pensar em voz alta.

— Condenar o corvo vai ser moleza. Afinal, ele transgrediu mais de uma lei.

Jack engoliu em seco; Velindur não se esquecera dele. Nada do que ouvira era bom sinal. Talvez fosse preciso começar a bolar um jeito de escapar. Precisava avisar Nora e Gwillam. Em vão, relanceou os olhos pelo aposento. Nenhum sinal de Timmery ou de Charkle. Velindur voltara ao trono, mergulhado em seus pensamentos, quando uma suave batida na porta o fez se aprumar.

— Entre!

Um homem idoso, de cabelos grisalhos ralos e rosto gentil, entrou no recinto. Em sua mão, um comprido cajado de madeira, com vários adereços. Um feixe de folhas pendia da parte de cima e, no meio, havia uma bolsinha pendurada num gancho. Ele lembrava alguém, mas Jack não conseguia saber quem. Velindur não pareceu satisfeito em receber o visitante, que não se curvou nem o chamou de Sire.

— Recebi uma solicitação para comparecer a uma reunião do Conselho Sagrado. Algum problema?

— Sim. Meus guardas prenderam dois invasores. Um deles alega ser seu aprendiz.

— Deve ser Camelin — disse o homem idoso, abrindo um sorriso. — O que ele aprontou?

Jack percebeu o porquê de o ancião parecer familiar. Só podia ser Gwillam; tinha o mesmo sorriso de Nora. Velindur permaneceu calado por um tempo.

— Seu aprendiz foi preso por ter espionado, mudado de forma, invadido e entrado ilegalmente em Annwn, trazendo um pássaro proibido.

Gwillam olhou ao redor.

— Tenho certeza de que deve haver algum engano. Posso vê-lo?

— Não, não pode. Quando todos os demais membros do Conselho Sagrado chegarem, ele será levado a julgamento com esse corvo, também acusado de roubo e invasão.

— Meu aprendiz não passa de um menino.

— Ele descumpriu a lei.

— Pois que assim seja. Voltamos a nos encontrar diante de todos os membros na Câmara do Conselho.

Gwillam deu as costas a Velindur e cruzou as portas douradas. Não olhou para trás nem se curvou. Quando se foi, Velindur se levantou e saiu do aposento batendo a porta.

Jack não fazia ideia de quanto tempo permaneceu sozinho. Parecia não haver relógios em Annwn, portanto era impossível saber a hora.

O Portal de Glasruhen

O sol derramava-se pelas paredes de vidro. Ficou grato pelo fato de a cortina atrás da jaula ter sido fechada. Cochilava quando uma forte batida nas portas douradas o despertou com um sobressalto. Velindur surgiu do aposento anexo usando um roupão escarlate esvoaçante. As calças pareciam feitas de puro ouro. Nos pés, um par de sapatos de salto e, na cabeça, uma coroa de ouro cravejada de esmeraldas e rubis. Admirou-se no espelho antes de apanhar um bastão de ouro. Sentou-se no trono e ajeitou as roupas com cuidado antes de autorizar quem batia na porta a entrar.

Jed e Teg se aproximaram, curvando-se numa reverência ao alcançarem o pé do trono.

— Quais as novidades?

— Nenhuma, Sire, ninguém viu nem ouviu nada — anunciou Teg.

— Os pássaros são os únicos invasores — acrescentou Jed.

— Continuem investigando e fiquem de olho em Gwillam. Aposto que ele esconde algo. Vejam para onde vai, o que faz e com quem fala. Sei que algo está acontecendo, e vocês dois estão encarregados de descobrir o que é. Entendido?

Jed e Teg assentiram.

Um guarda trouxe uma bandeja de prata, sobre a qual repousava uma chave grande. Velindur a apanhou.

— O Conselho Sagrado foi convocado?

— Sim, Sire. Esperam na Sala de Reuniões.

Velindur passou por Jed e Teg.

— Tragam os prisioneiros à Câmara do Conselho. Os dois — ordenou, deixando a sala.

— Eu pego o pássaro, e você, o garoto — disse Jed. — Num demore, sabe que Sua Majestade num gosta de esperar.

Jack foi colocado no saco mais uma vez. Foi empurrado em meio a uma multidão de vultos encapuzados e mascarados que estavam reunidos em pequenos grupos, conversando em voz baixa. Ele tentou ouvir a conversa, mas Jed andava rápido demais.

— Abram caminho, abram caminho. Prisioneiro para o banco dos réus. Abram caminho! — gritou Jed, espremendo-se entre as silhuetas altas.

Jack ouviu Teg atrás, também aos berros, mandando a multidão se afastar. Tentou ver se Camelin estava bem, mas não teve êxito. A multidão silenciou. Jack ouviu o som dos saltos no chão e, em seguida, o de uma chave girando na fechadura.

Quando Jack foi retirado do saco, as figuras encapuzadas haviam ocupado seus lugares em cadeiras de espaldar alto, numa mesa de formato semicircular. Diante da mesa, havia uma grade, atrás da qual fora erigida uma plataforma. Velindur subiu os degraus e se instalou num trono paramentado. Jack e Camelin foram atirados numa jaula perto da plataforma. A figura mais alta falou. Jack reconheceu a voz de Gwillam.

— O Conselho Sagrado encontra-se reunido em sua presença. Qual o motivo de termos sido convocados?

Velindur se ergueu e apontou Jack e Camelin.

— Temos intrusos, pessoas indesejadas, invasores. O menino é um espião camaleão, e o corvo é ladrão. Violaram a Lei de Annwn e merecem ser punidos.

Os membros do Conselho Sagrado se sentaram. Cada um deles fez anotações em sua tábua pequena e a entregou a Gwillam. De posse de todas, Gwillam voltou a se erguer.

— Chegamos a uma conclusão unânime. Os prisioneiros devem ser julgados.

Velindur sorriu, mas Gwillam ainda não terminara.

— O julgamento deve ocorrer amanhã, ao pôr do sol.

— O julgamento deve ocorrer agora.

O Portal de Glasruhen

— Os prisioneiros precisam de tempo para encontrar um representante que os defenda. É o que dita a lei.

Enfurecido, Velindur enfrentou Gwillam.

— Pois afirmo que devem ser julgados agora.

— A lei estabelece que os prisioneiros devem ter um dia para encontrar alguém que os represente. O julgamento será realizado amanhã.

Ouviu-se um murmúrio de concordância por parte dos componentes do Conselho Sagrado. Velindur sentou-se e bateu o bastão de ouro três vezes na plataforma. Ao obter a atenção de todos, dirigiu-se novamente a Gwillam.

— Pois que assim seja. Guardas, levem os prisioneiros de volta para o calabouço.

O coração de Jack ficou apertado. Achara que o Conselho Sagrado os perdoaria e libertaria. Queria dizer o quanto lamentava, explicar que não tiveram a intenção de causar nenhum mal. Seu corpo começou a tremer. Não queria voltar ao calabouço, mas Jed e Teg já estavam abrindo a porta da jaula.

— Esperem! — ordenou Gwillam. — O menino é meu aprendiz. Assumo a responsabilidade por ele e pelo corvo também. Permitam que permaneçam em minha casa até o julgamento. Os senhores têm a minha palavra de que os trarei de volta amanhã à noite.

Os membros do Conselho Sagrado menearam devagar a cabeça em concordância. Jack esperava que Velindur se irritasse e contestasse. No entanto, ele parecia sorrir e também concordou. Em vez de ser arrastado para o calabouço, Camelin teve as algemas de ferro retiradas, e a porta da gaiola foi escancarada. Camelin correu para Gwillam, abraçou-o pela cintura e soluçou. Jack saiu saltitante da jaula. Gwillam estendeu o braço; ele voou e se acomodou.

— Venham — disse Gwillam. — Hora de ir para casa.

PRISÃO DOMICILIAR

Jack não tinha se dado conta do calor abafado que fazia na Câmara do Conselho até o vento fresco levantar suas penas. A liberdade nunca tivera gostinho tão saboroso. Camelin só falou com Gwillam quando chegaram às margens do lago.

— Sinto muito mesmo, mas sempre me disse que quando eu chegasse em Annwn poderia comer tudo que bem entendesse.

Gwillam riu.

— Não se preocupe. Vamos resolver o assunto, pode deixar.

Jack pulou no ombro de Gwillam e sussurrou em seu ouvido:

— Estamos sendo observados; não é seguro conversar.

Gwillam não pareceu abalado. Gritou para o único barqueiro perto das embarcações:

— Queremos atravessar.

O barqueiro estendeu a mão para receber o pagamento, e Gwillam colocou uma grande moeda na sua palma.

Uma vez instalados no barco, Jack pulou para a proa. Viu Jed e Teg distanciando-se da margem perto do calabouço, remando a toda

O Portal de Glasruhen

velocidade. Não tinha certeza se Camelin também os vira, mas não quis falar na frente do barqueiro.

Gwillam piscou para Jack e, em seguida, voltou-se para Camelin.

— É verdade que comeu sete linguiças?

Camelin pendeu a cabeça.

— E mais um naco de bolo de chocolate e um pedaço de carvão.

— Carvão? Por que diabos comeu carvão?

— Não foi por opção, foi um acidente.

— Isso é realmente importante. Você roubou alguma coisa, Jack?

Jack tossiu e apontou o bico na direção do barqueiro. Já havia avisado Gwillam do perigo de falar. O barqueiro sorriu para Jack.

— Meu nome é Gavin, a seu serviço.

Jack continuou mudo. Nora lhe instruíra a não abrir o bico. Se achassem que ele era um corvo, poderia se safar. Camelin pareceu chocado.

— Gavin? É você mesmo?

— Achei que não se lembraria de mim depois de tanto tempo...

— Você era aprendiz de Gwillam antes de mim. Não se mudou para uma das grutas perto da fronteira?

Gavin meneou a cabeça.

— Que memória! — exclamou Gwillam, acariciando as costas de Camelin antes de se voltar para Jack. — Pode falar sem medo no lago. Gavin é um dos nossos; não é espião nem deve obediência a Velindur.

Jack exalou um suspiro. Tinha sido duro manter o silêncio, sobretudo dentro da Câmara do Conselho.

— E Teg e Jed? — sussurrou.

— Não sou a favor disso, mas, de vez em quando, é preciso fazer uso de um pouco de magia. Não queremos que eles nos alcancem, concordam?

Gwillam curvou o comprido cajado na direção do barco que os seguia. Jack não viu qualquer faísca, mas sentiu o ar estremecer. Gwillam sorriu.

— Com isso ganhamos algum tempo. Espero que eles saibam nadar!

Jack achou que o barquinho parecia diminuir. Começou a afundar cada vez mais rápido enquanto Jed e Teg sacudiam os braços e pediam socorro. Gwillam voltou a agitar o cajado, e os dois remos emergiram. Jed se agarrou a um, e Teg, ao outro. Seguravam-se com uma das mãos enquanto agitavam a outra na tentativa de atrair a atenção. Era pouco provável que os gritos pudessem ser ouvidos enquanto durasse o festival. Talvez ainda permanecessem um bom tempo dentro d'água, caso não conseguissem nadar para a parte rasa.

— Mas onde paramos? Ah, já me lembrei! Jack, você comeu a comida roubada?

— Eu não como nada desde que chegamos a Annwn.

— Excelente, excelente mesmo; não poderia ser melhor.

Jack não conseguia entender o motivo de ser bom estar passando fome. O estômago roncava, e ele não conseguia pensar em outra coisa a não ser em comida. A barriga de Camelin também roncou.

— Se eu estou com fome, Jack então deve estar morto de fome. Ser corvo deixa qualquer um faminto, mas ninguém acredita em mim.

— É mesmo — concordou Jack.

— Podem comer quando chegarmos à minha casa. Receio que estejam em prisão domiciliar. Ou seja, não podem ir muito longe, no máximo passear no meu jardim. Sou responsável por vocês até o julgamento; portanto, não me decepcionem.

— De jeito nenhum — afirmou Jack.

— Quer dizer que vai nos levar de volta? Pensei que tivesse nos resgatado para podermos atravessar o Portal de Glasruhen. Não imaginei que fosse nos obrigar a comparecer diante do tribunal. Não pode inventar que fugimos?

— Não, Camelin, não posso. Vocês dois violaram a lei e devem ser submetidos a julgamento, mas, desde a chegada de Charkle, estamos tentando descobrir um meio de salvá-los.

O Portal de Glasruhen

— O que vai acontecer se não descobrirem como nos salvar? — sussurrou Camelin.

— Um assunto de cada vez.

— Por acaso Nora está muito zangada comigo?

— Muito, muito zangada. Pode se preparar para um castigo.

Camelin gemeu. Jack pulou de um pé para o outro. Não queria que Camelin levasse toda a culpa.

— A responsabilidade é minha também. Eu poderia ter me recusado a atravessar o Portal.

— Bem, quando chegarmos, você pode explicar tudo a Nora. Para terminar, a mais importante pergunta de todas. Você respondeu às perguntas de Velindur com a verdade?

— Sim.

— E você, Jack?

— Ele não me fez perguntas; não me dirigiu a palavra. Deve achar que eu não passo de um simples corvo. Ouvi quando falava sozinho em seu aposento. Ele também vai tentar encrencá-lo, por isso mandou Jed e Teg nos espionarem.

— Eu já imaginava. Velindur ficaria muito feliz se eu sumisse. Tentou mais de uma vez persuadir a mim e aos outros membros do Conselho Sagrado a partirmos para as Cavernas do Repouso Eterno. Se eu aceitasse sua sugestão, sei que os outros me seguiriam. Ele não tem direito de se intitular rei. Tivemos apenas uma rainha em Annwn.

— O que aconteceu com a rainha? — perguntou Jack.

— Ninguém tem certeza. Uns dizem que foi aprisionada num dos aposentos da Cidadela; outros, que desapareceu no meio do nada. Apesar de termos insistido para que ela fosse para a aldeia, ela teimou em continuar na ilha. Não a vejo há tempos. Velindur deve tê-la proibido de receber visitas, disso estou seguro.

— Então como ele se tornou rei? — perguntou Camelin.

— Lembra-se daquele terrível período quando tudo começou?

— Claro — respondeu Camelin, coçando a cabeça.

133

Jack viu a cicatriz onde ficava o repartido do cabelo de Camelin. Era pouco provável ter se esquecido do ataque do romano e de ter sido dado como morto. Por alguns instantes, antes de prosseguir, Gwillam deu a impressão de estar triste e perdido em pensamentos.

— Velindur prestou um enorme serviço a Annwn. Liderou a resistência contra os invasores e intrusos no passado. Quando os romanos deram início à perseguição aos druidas, os quatro tesouros foram recolhidos. Os portões deveriam ser temporariamente fechados até que fosse seguro reabri-los. A Espada do Poder, o mais valioso de todos os tesouros, foi o primeiro a chegar, e o Portal Sul foi trancado. A Lança da Justiça e a Pedra do Destino chegaram com o restante dos druidas, e os Portais Norte e Leste foram cerrados. Quanto ao caldeirão, vocês já sabem tudo a esse respeito.

— Mas isso não explica como ele se tornou rei — insistiu Camelin.

— Calma, já chego lá. Quando os druidas escaparam para Annwn, estavam tristes e exaustos. A maioria optou por se recolher nas Cavernas onde passaria o resto da eternidade em paz. Não se pode culpá-los, depois de tudo o que enfrentaram. Velindur viu surgir então sua grande oportunidade quando apenas o Conselho Sagrado permaneceu na cidade. Somos os Legisladores, os últimos treze druidas em Annwn, súditos da rainha. Diferentemente de Velindur, não somos fortes ou ambiciosos. À medida que os anos se passaram e o Caldeirão da Vida permaneceu desaparecido, a rainha foi enfraquecendo, e seu poder em Annwn diminuiu. Raramente aparecia, até que um dia simplesmente deixou de ser vista.

— Foi então que Velindur se apossou do trono? — perguntou Jack.

— Isso mesmo. Num dia, tínhamos uma rainha e, no outro, um rei. Ninguém se opôs porque ele sempre defendeu Annwn. A princípio, falava em nome da rainha, mas depois começou a falar em próprio nome. O Conselho Sagrado ainda é responsável pelas leis, mas, se ele conseguir se livrar de nós, será o único soberano.

O Portal de Glasruhen

— Por que os corvos foram banidos de Annwn? — perguntou Jack.

— Banidos?! — exclamou Camelin atônito.

Gwillam suspirou.

— Uma vez um corvo traiu o povo de Annwn e conduziu um grupo de invasores à Cidadela. Os invasores roubaram o Caldeirão da Vida. Depois disso, foi impossível mantê-lo inteiro e nunca mais retornou a Annwn. Dizem ter sido um espião camaleão que assumiu a forma de corvo; já outros comentam ter sido um dos corvos do jardim da rainha, o que com certeza não é verdade. De qualquer maneira, a partir desse dia, os corvos foram banidos.

— Chegamos — anunciou Gavin, atracando o barco.

— Obrigado — disse Gwillam. — É uma curta caminhada daqui até a aldeia, onde estaremos a salvo. Recomendo não conversarmos até lá.

Em pouco tempo, deixaram a Cidadela e o Palácio de Vidro para trás. À frente, depararam com uma encruzilhada em que seis estradas se uniam, incluindo aquela de onde tinham vindo. Gwillam apontou à esquerda.

— A primeira estradinha conduz à aldeia onde se encontram as granjas e os pomares de Annwn. A segunda leva direto ao Portal Norte. A do meio, à Mãe Carvalho, a seguinte sobe as montanhas, e esta vai dar na aldeia onde vivem os druidas. Todos os membros do Conselho Sagrado moram na aldeia. Venham, estamos quase chegando.

Jack não estava ansioso para ouvir o que Nora diria, mas infelizmente não precisou esperar muito, ela se encontrava à espera perto da primeira construção.

— Graças a Deus vocês dois estão a salvo; devem agradecer a Charkle e a Timmery. Se eles não tivessem nos localizado, não sei o que poderia ter acontecido. Agora, deixe-me olhar você.

Nora girou Camelin e o olhou de cima abaixo.

— Meio sujo, com alguns hematomas, mas de resto não mudou nada. Vá tomar um banho e depois vista umas roupas decentes. Volte logo, porque tenho uma tarefa para você. E você, Jack, tudo bem?

— Tudo, obrigado, mas estou com fome.

— Será que não consegue pensar em outra coisa? — resmungou Camelin. — Não para de reclamar de fome desde que chegamos aqui.

— Talvez porque ele não tenha comido nada, ao contrário de alguém que nem preciso mencionar.

Jack suspirou aliviado. Esperava que Nora lhes desse uma bronca. Entraram na vila e caminharam até chegarem à última casa. Maior do que as outras, a palha do telhado redondo quase alcançava o chão. A porta exibia estranhos entalhes na madeira. Três degraus conduziam a uma grande sala circular. No meio, havia uma fogueira com um panelão enorme. Era aconchegante dentro da casa, mas bem escuro se comparado à luminosidade lá de fora. Gwillam entregou roupas a Camelin e o empurrou para a porta.

— Já para a cachoeira se livrar dessa sujeira.

Camelin ficou emburrado e olhou cobiçoso o panelão de carne e legumes.

— Não se preocupe — avisou Nora. — Vai sobrar bastante para você.

Jack subiu num tamborete e baixou a cabeça, na tentativa de demonstrar a Nora o quanto lamentava o ocorrido.

— Não se preocupe, Jack, não precisa explicar nada. Já sabemos de tudo.

— Desculpe.

— Está desculpado.

— Onde estão os outros?

O Portal de Glasruhen

— Charkle e Timmery saíram em busca dos parentes de Charkle. Gwillam acha que não há dragonetes em Annwn, mas sabe que ele vai se sentir melhor se tentar encontrá-los.

— E Elan?

— Elan está ocupada. Deve chegar mais tarde.

— Ela disse que eu poderia ver como ela é de verdade.

— E você vai ver, mas não agora.

— Gwillam disse que estamos em prisão domiciliar. Isso significa que precisamos ficar dentro de casa o tempo todo?

— A casa de Gwillam é bem grande.

Jack olhou a sala circular. Não era nem do tamanho do herbário da Casa Ewell.

Nora riu.

— Isso é apenas a cozinha. Tem uma porta ali que dá para outro cômodo igual a esse, depois outro e mais outro. No meio, fica o jardim; então, não vai ter motivos para reclamar de falta de espaço. É uma pena que o julgamento seja amanhã à noite.

Jack suspirou, preocupado com o julgamento.

— O que vai acontecer se formos considerados culpados?

— Se Camelin tiver dito a verdade, nada há a temer. Quando for a julgamento faça o mesmo. A verdade o libertará. Agora que tal comer um pouco?

Jack já estava no segundo prato de ensopado quando Camelin voltou. Como estava diferente de cabelo limpo e penteado, e usando uma túnica comprida, amarrada na cintura com uma corda...

— Você bem que podia ter esperado.

Jack não podia responder com o bico cheio de comida.

— Agora vamos ao castigo, meninos — disse Nora ao terminarem de comer. — Sigam-me.

CATHERINE COOPER

Conduziu-os até o canto mais afastado do cômodo. Atravessaram outro aposento circular e saíram num grande jardim. A luz do sol brilhava tanto que Jack precisou cobrir os olhos com a asa. Levou alguns minutos para se habituar. Nora se deteve diante de uma comprida mesa de madeira instalada à sombra de uma antiga macieira. Sobre ela, o caldeirão e, ao lado, a pilha de talos de ruibarbo.

— Que bom — exclamou Camelin —, você não deu o ruibarbo de presente. Não tinha dito que era para o rei do Festival?

— Era, mas, quando chegamos aqui e descobrimos todas as mudanças, ficamos quietas e viemos direto ao encontro de Gwillam. Ele nos contou que não existe mais o rei do Festival, apenas um rei. Achamos que faríamos melhor proveito do ruibarbo aqui. Hoje vamos ter torta no jantar.

— Puxa, torta de ruibarbo! — exclamou Gwillam. — Que delícia.

— Assim que Jack tirar todos os fiapos para mim.

— Fiapos? — perguntou Jack, olhando o ruibarbo com atenção. Nora já retirara as folhas e cortara as pontas dos talos. Jack não via nenhum fiapo.

Nora pegou o primeiro talo, apertou um pedaço da pele externa e puxou. Segurou um fio comprido de fibra para Jack inspecionar.

— Tudo isso precisa ser retirado ou o ruibarbo não ficará macio. Essa tarefa vai manter você ocupado por um bom tempo.

Camelin começou a rir.

— Fico feliz por não ter recebido esse castigo.

— Tenho outra tarefa para você — disse Nora, apontando o caldeirão. — É preciso retirar os cabinhos dessas folhas.

Jack se aboletou na borda do caldeirão, estava cheio quase até a boca de folhas lisas e ovais. Camelin levaria séculos para retirar tudo. Jack percebeu que o amigo parara de rir.

— Depois de terminarem, podem se divertir um pouco — avisou Nora e saiu.

O Portal de Glasruhen

Tão logo Jack terminou de descascar os talos do ruibarbo, ele pulou na borda do caldeirão para dar uma olhada. Ainda pela metade. Camelin suspirou. Jack reparou nos dedos inchados. Cutucou o braço de Camelin.

— Eu ajudo. Você segura a folha, e eu arranco o cabinho. Num minuto terminamos.

Trabalharam juntos em silêncio, e a pilha de folhas baixou rapidamente. Jack se acostumou com o estranho gosto dos cabos ao arrancá-los com o bico. Por fim, a pilha se reduziu a um monte de folhas sobre a mesa e pouquinhas no fundo do caldeirão.

— Vou avisar a Nora que estamos quase terminando e perguntar o que ela quer que a gente faça com as folhas.

— Eu sei o que vai fazer. Ao longo de todos esses anos, não parava de falar no assunto. Essas são as folhas da árvore Crochan. Devem ter levado horas para colhê-las. Vai preparar o elixir hoje à noite.

— Depois de beber o elixir, vai recuperar todo o seu poder de magia?

— Já deve ter tomado um pouco do elixir de Gwillam e recuperado parte do poder. Todos os druidas sabem prepará-lo; é uma das primeiras lições que aprendem. Nora vai ferver as folhas, engarrafar o elixir e levá-lo conosco através do portal.

— Isso significa que você também sabe prepará-lo?

— Sei como preparar, mas não ia conseguir terminar. É preciso possuir muita magia, e eu não tinha uma varinha de condão.

— Mal posso esperar o dia em que Nora vai deixar a gente treinar o uso da varinha.

— Eu já treinei um pouco, mas Nora não sabe. Na verdade, devo ter causado um estrago no sótão. Preciso de sua ajuda quando voltarmos para casa.

— Então vamos voltar para casa? Eles não podem nos manter aqui para sempre, não é mesmo?

Camelin balançou a cabeça.

— Não sei o que vai acontecer. Não sou especialista em leis. Nem adianta me perguntar.

— Que tipo de estrago no sótão?

— Bem, eu...

Camelin parou de repente quando Nora apareceu na porta.

— Vocês dois já terminaram?

— Quase — respondeu Camelin. — Jack já terminou e só falta um pouquinho para eu terminar também.

— Andem logo e entrem; temos visitas por parte da rainha.

— A rainha! — exclamaram os dois juntinhos.

— Isso mesmo, a rainha. Agora venham. Estão todos esperando.

OS VISITANTES

Jack e Camelin seguiram Nora e entraram na casa redonda. Lá dentro havia várias pessoas altas entretidas em conversas. Apesar de se encontrarem de pé em torno de um círculo, as túnicas não deixavam nenhuma fresta que permitisse a Jack enxergar alguma coisa.

— O que está acontecendo? — perguntou Camelin.

— Não tenho certeza. Vou até a viga dar uma espiada de cima.

Lá embaixo, no centro do círculo, havia uma mesa baixa, sobre a qual viu dois pássaros brancos de olhos azuis cintilantes.

— Jack, aqui — disse uma voz familiar.

Jack procurou Timmery em vão.

— Aqui em cima, nós também viemos ver — acrescentou Charkle.

— Cadê vocês?

Dois passarinhos minúsculos, de cores brilhantes, apareceram e pairaram diante de Jack. O menor deles era roxo com as penas do peito brancas, e o outro, verde com o peito roxo.

— Não ficamos lindos? Ai, que aventura fascinante! Agora somos beija-flores — comentou Timmery.

— Beija-flores?

— Isso mesmo — respondeu Charkle. — Timmery não conseguia enxergar por causa da luz forte do sol, e Nora nos transformou em beija-flores. A aldeia é cheia de beija-flores. Ela disse que despertaríamos suspeitas como morcegos, e também não poderíamos ser dragonetes porque, infelizmente, não existe nenhum aqui, mas é divertido ser beija-flor.

— Então Nora recuperou todos os seus poderes? — perguntou Jack.

— Bastou sacudir a varinha, e puff, num minuto, eu, um morcego incapaz de enxergar nada, virei um beija-flor. Já reparou nas minhas maravilhosas penas? Nunca tive penas antes.

Timmery voou em torno da cabeça de Jack.

— O que está acontecendo? — repetiu Camelin. — Com quem está falando?

— Eu explico a Camelin se você explicar a Jack — sugeriu Charkle. — Assim economizaremos tempo.

O beija-flor roxo e verde voou e pairou diante de Camelin. Timmery deu um rodopio final para Jack apreciar sua linda penugem roxa.

— Posso saber por que estão todos em torno dos pássaros brancos?

— São corvos do jardim da rainha, ou melhor, corvas.

— Corvos brancos! Então é verdade! O que fazem aqui?

— Trouxeram uma mensagem para os membros do Conselho Sagrado e para vocês dois.

— Para nós? Por quê?

— Não sei. Recusam-se a falar até todos chegarem.

Jack relanceou os olhos pelo aposento. Contou doze homens; não reconhecia nenhum. De pé, Gwillam aguardava perto da porta de entrada, enquanto Nora conversava com Gavin.

— Quem está faltando?

— Elan, mas já está a caminho.

O Portal de Glasruhen

Afinal Jack veria a aparência verdadeira de Elan.

Gwillam voltou-se e fitou as pessoas no recinto lotado. Quando um pequenino beija-flor vermelho pousou em seu ombro, bateu o cajado no chão três vezes. A conversa cessou de imediato, e todos se viraram na direção do Supremo Sacerdote. O pequenino beija-flor voou e deu início a um rodopio rápido, até que tudo o que Jack conseguiu distinguir era uma mancha vermelha. Assombrado, observou o rodopio diminuir de ritmo e Elan surgir.

— Assim está melhor — disse ela, sacudindo os ombros.

— Podemos começar? — perguntou Gwillam. — Peço desculpas pelo pouco espaço, mas, levando em conta que Jack e Camelin estão em prisão domiciliar, não nos sobrou outra alternativa senão nos reunirmos aqui.

Os dois pássaros brancos crocitaram alto e abanaram as penas. Quando sossegaram, Gwillam retomou a palavra.

— Winver e Hesta são portadoras de uma importante mensagem da rainha de Annwn.

Um murmurinho percorreu o aposento, seguido do mais absoluto silêncio. Hesta falou:

— A rainha envia a seus mais leais súditos uma mensagem de esperança. Amanhã, ao pôr do sol, não haverá mais rei; seus dias de reinado estão contados. Tenham fé, e, em breve, a legítima soberana voltará a reinar em Annwn.

Todos aplaudiram e começaram a falar ao mesmo tempo. Gwillam foi obrigado a bater mais uma vez o cajado.

— Winver também traz uma mensagem para Jack e Camelin.

Jack sabia que, se fosse um menino, estaria com as bochechas tão vermelhas quanto as de Camelin. Ele desceu da viga e pousou no braço estendido do amigo. Abriram espaço para que passassem e se aproximassem dos pássaros brancos. Winver curvou a cabeça lentamente antes de anunciar:

143

— A rainha gostaria de encontrá-los antes do início do julgamento. Devem retornar à Cidadela com Gwillam e entrar no palácio pelo portão perto da água. Aguardaremos os dois no cais para conduzi-los ao jardim do palácio.

Outro murmúrio percorreu o aposento. Jack gostaria de saber o motivo de terem sido convidados a encontrar a rainha. Ninguém parecia ter certeza de que ela ainda estava viva. Então, por que enviara uma mensagem naquele momento?

— A rainha pretende se reunir com o Conselho Sagrado antes do julgamento? — perguntou um dos homens.

Hesta balançou a cabeça.

— Só ao fim do julgamento, após definido o veredicto, pois não pretende interferir na Lei de Annwn.

O coração de Jack apertou. Por um segundo, alimentara a esperança de que a rainha os perdoasse. Bem, a situação deles devia ser mais crítica do que imaginara. Não havia outra explicação para a rainha ter solicitado a presença dos dois.

— Podem ficar mais um pouco? — perguntou Nora às corvas brancas. — Aposto que Jack e Camelin têm muitas perguntas a respeito do reino de Annwn.

— Recebemos ordens de retornar ao jardim do palácio assim que entregássemos as mensagens. Até amanhã — disse Hesta. Levantou voo e saiu pela porta.

— Até amanhã — repetiu Winver, seguindo a outra.

Fez-se silêncio até Gwillam falar.

— Podemos continuar nosso encontro ao pé da Mãe Carvalho? Sob a árvore, estamos protegidos dos espiões de Velindur.

Os membros do Conselho concordaram e, um a um, retiraram-se do aposento. Gwillam voltou-se antes de sair.

— Lamento que não possam nos acompanhar. Temos assuntos importantes a discutir hoje. O encontro como a Mãe Carvalho fica para outra ocasião. Quem sabe Nora permite que vocês recolham os frutos do carvalho depois do julgamento?

O Portal de Glasruhen

Uma vez o Conselho ausente, o aposento pareceu vazio. Nora estendeu o braço para Timmery e Charkle se alojarem e abriu um sorriso para Jack e Camelin.

— Vamos até o jardim? — sugeriu Elan. — Podemos conversar pegando sol, e vocês podem me contar tudo o que aconteceu desde o instante em que eu e Nora deixamos os dois do lado de fora do Portal de Glasruhen.

Todos concordaram e a seguiram.

— Eles não podem nos prender de novo, podem? — perguntou Jack, uma vez terminado o relato das aventuras do dia.

Nora não respondeu; então, Jack buscou os olhos de Elan.

— Se o Conselho Sagrado decretar que são inocentes, serão libertados.

— E se decretarem que somos culpados? — perguntou Camelin.

— Nesse caso, ainda resta uma opção. Caso vocês insistam em afirmar a própria inocência e estejam seguros da sinceridade de suas palavras, podem solicitar um segundo julgamento, não presidido por homens, mas pela Lança da Justiça. A arma não causa dano algum aos inocentes.

— E se alguém culpado escolher a Lança? — perguntou Camelin.

— Essa pessoa morrerá. É uma punição cruel e, por esse motivo, pouquíssimos escolhem a Lança da Justiça. O golpe é decisivo, fatal. Entretanto, se for provada sua inocência e o réu sobreviver, ele tem o direito de exigir justiça dos que o acusaram falsamente.

— Espero que a situação não chegue a esse ponto — afirmou Jack. — Não sei se aguentaria ver alguém atirando uma lança em mim.

— Ninguém atira nada — disse Nora. — Gwillam, na função de chefe do Conselho, aponta um feixe da luz da Lança no peito do acusado. Apenas a Luz da Justiça pode enxergar dentro do coração de alguém e conhecer a verdade absoluta.

Jack estremeceu. A alegria experimentada alguns minutos antes, quando se sentaram juntos ao sol, tinha sido nublada por um sentimento de temor. Ninguém pareceu notar. Timmery e Charkle voavam pelo jardim, e Nora começou a recolher o ruibarbo, enquanto Elan colocava as folhas da árvore Crochan no caldeirão.

Jack ficou preocupado. Não estava nada ansioso para encontrar a rainha de Annwn antes do julgamento. Camelin estava certo sobre as corvas brancas; então, provavelmente também estaria certo sobre a rainha. Ele se perguntava se as três cabeças dela seriam iguais. Elan sorriu para ele, mas Jack suspirou profundamente.

— Você está se sentindo bem, Jack?

— Estou preocupado pensando no que vai acontecer amanhã.

— Tente não se preocupar. Tenho certeza de que tudo correrá bem. Quer me fazer alguma pergunta?

Jack sorriu. Havia uma resposta pela qual ansiava demais.

— Eu e Camelin receberemos autorização para recolher os frutos da Mãe Carvalho?

— Claro que sim, mas só após o julgamento. Vamos todos juntos. Ela é lindíssima, sabe? Ninguém pode se aproximar dela sem permissão; é cercada por forte magia. Apenas os druidas têm autorização para falar com ela. O povo de Annwn não pode se aproximar. Mas eles não costumavam visitar a aldeia dos druidas.

— Levaremos as nozes a tempo, não é?

— Você vai ver. Num piscar de olhos estaremos de volta.

— Quem quer mais torta de ruibarbo? — indagou Nora.

Todos agradeceram Nora e, de barriga cheia, deixaram a mesa. Jack olhou Camelin desconfiado, pois nunca o vira recusar torta antes.

O Portal de Glasruhen

— O que houve? Todos já foram embora, e Nora não vai se importar se você comer mais hoje. Deve ser por isso que deixou a torta na mesa. Camelin suspirou e, melancólico, olhou a torta.

— Não é a mesma coisa. Sendo menino, não sinto tanta fome.

— Você não gosta de ser menino? Achei que fosse o seu maior desejo.

— Eu também. Sonhei durante anos com a ideia de regressar a Annwn para ser menino de novo, mas agora já não tenho tanta certeza. Se eu continuar assim, nunca vou poder voar de novo?

— Mas, quando atravessarmos de volta o Portal de Glasruhen, você vai voltar a ser corvo, não é?

— Se eu voltar. Gwillam disse que posso ficar com ele e terminar meu treinamento se eu quiser. Disse que eu posso ser seu aprendiz de novo.

Jack nada disse; nem poderia, sentia um nó entalado na garganta. Tinham ido a Annwn apenas para dar uma espiada no festival. Jamais lhe passara pela cabeça que Camelin poderia querer ficar com Gwillam.

— Eu vou poder visitar você?

— Claro, e eu também posso visitar a Terra. Agora que o portal foi aberto, nunca mais será fechado, tenho certeza.

Foram interrompidos por um farfalhar dos galhos da árvore sob a qual estavam sentados. Camelin encostou o dedo nos lábios. Jack pulou para o galho inferior na tentativa de descobrir o responsável pelo barulho. De imediato, pensou em Jed e Teg. Teriam conseguido entrar no jardim de Gwillam? O som se repetiu, ainda mais próximo, seguido por um risinho estridente. Camelin também ouviu.

— Saiam daí — ordenou.

Jack esperava ver Charkle e Timmery surgindo do esconderijo atrás da árvore. Entretanto, deparou com Hesta e Winver. Camelin também viu as duas. Será que a rainha enviara outra mensagem? O par saltitou graciosamente em meio aos galhos até se sentarem uma de cada lado de Jack.

— Ouvimos tudo sobre você, Jack — disse Hesta se aproximando.

— Você é tão valente — acrescentou Winver do outro lado.

Jack se sentiu espremido e desconfortável entre as duas. Engoliu em seco e olhou para Camelin em busca de ajuda.

— O que vieram fazer aqui? — perguntou Camelin.

— Não podíamos esperar até amanhã para ver você de novo — confessou Hesta a Jack, ignorando Camelin por completo.

— Como você não podia ir nos ver hoje à noite, tivemos a ideia de dar uma escapulida até aqui — explicou Winver.

— Foi muita gentileza, mas precisamos dormir cedo, porque amanhã será um dia importante — disse Jack sem hesitação.

— Ele não é bonito, Winver?

Winver assentiu e inclinou a cabeça de lado para Jack poder admirar seus lindos olhos azuis.

— Aposto que tem um monte de namoradas — continuou Hesta.

Jack tossiu e tentou mais uma vez fazer sinal a Camelin pedindo ajuda.

— Ah, não, Jack não tem namorada. Ele passa tempo demais ocupado colocando em prática sua valentia — resmungou Camelin.

Jack se deu conta de que Camelin sentia ciúme de toda a atenção que elas lhe dedicavam. Era a chance de desviar a atenção de si mesmo.

— Sabem, Camelin é um menino-corvo.

— A-hã, menino-corvo — disseram Winver e Hesta em coro antes de caírem na gargalhada.

— Ele é o rei das acrobacias — continuou Jack.

— É verdade — concordou Camelin. — Por acaso alguma das duas consegue voar de cabeça para baixo e dar um salto triplo no meio de um mergulho em espiral?

As duas ficaram de bico aberto.

— Nossa, Camelin, é verdade? Você sabe mesmo fazer isso tudo?

— Sabe, sim — disse Jack sem pensar duas vezes.

Camelin fez que sim com a cabeça.

— Sou um acrobata espetacular.

Hesta e Winver saltitaram para a mesa. Jack respirou aliviado até o momento em que as duas começaram a cochichar. Infelizmente, Jack conseguia ouvi-las e, pela expressão de Camelin, ele também.

O Portal de Glasruhen

— Hesta, qual dos dois você prefere?
— Tanto faz. Gosto dos dois. Qual você quer?

Jack tossiu bem alto. Camelin aproveitou a deixa e estendeu o braço para que Jack voasse e se acomodasse nele.

— Lamento, mas precisamos nos despedir — disse Jack. — Muito obrigado por terem vindo.

— Ah, vocês não podem ir embora tão cedo, acabamos de chegar — disse Hesta.

— Amanhã nos vemos — acrescentou Camelin.

— Por favor, não contem nada à rainha. Viemos escondidas; fugimos — implorou Winver.

— Pode deixar, não se preocupem — garantiu Jack.

Estavam prestes a voar de volta para casa, quando Elan apareceu na porta. Hesta e Winver deram um gritinho e saíram a toda velocidade. Jack deixou escapar um suspiro de alívio.

— O que houve? — perguntou Elan.

— Nada, vamos deitar — respondeu Camelin.

— Que coincidência. Nora me pediu para buscá-los e levar o restante da torta. Temos um dia importante pela frente amanhã. Venham, vou mostrar o quarto de vocês.

Seguiram Elan, passando por dois grandes recintos circulares. O último e maior tinha várias portas. Elan abriu uma delas.

— Tentem dormir.

— Com certeza — respondeu Jack, embora dormir fosse a última ideia a passar por sua cabeça.

Uma vez sozinhos, Camelin deitou no colchão de palha, e Jack se empoleirou na cadeira.

— Então, qual das duas você prefere? — perguntou Jack, rindo.

Um travesseiro foi atirado, porém Jack conseguiu se desviar antes de ser atingido.

O JARDIM DA RAINHA

Jack e Camelin sentaram-se à mesa comprida para o café da manhã. Gwillam estava ocupado, dando ordens e cuidando dos últimos preparativos. Elan não se encontrava à vista. Nora trouxe para ambos um prato de mingau.

— Não se esqueça da colher, Camelin. Agora você tem mãos e precisa se habituar a usá-las. E nada de lamber o prato.

Camelin fechou a cara e balançou a cabeça de um lado para o outro pelas costas de Nora. Em seguida, ressentido, pegou a colher. Jack gargalhava enquanto Camelin resmungava.

— Quero o meu bico de volta. A comida não tem o mesmo sabor quando se come de colher. Além disso, para você não faz diferença; ninguém se preocupa com os seus modos à mesa.

— Isso porque Jack é sempre educado, mesmo quando corvo — disse Nora, voltando com uma pilha de roupas e colocando-as na extremidade da mesa. — Quando terminar o café da manhã, gostaria que se vestisse de modo apresentável. Na certa, deseja causar uma boa impressão, não é?

O Portal de Glasruhen

Camelin a fitou emburrado.
— Não vou impressionar ninguém. Todos já me viram.
— Mas a rainha não.
Camelin ficou de queixo caído.
— Você também, Jack, trate de ajeitar suas penas; algumas parecem meio amassadas.

Jack andara tão concentrado no julgamento que se esquecera do recado da rainha. Então, lembrou-se de quem reencontraria. Não havia escolha: teria de ver Winver e Hesta de novo. E não estava nada ansioso para isso.

Quando ficaram prontos, dirigiram-se ao lago. Foram guiados por Gwillam a uma estrada ainda desconhecida, na direção oposta ao caminho que haviam percorrido quando chegaram. Ao final da aldeia, havia um espaço aberto, com uma pedra grande no meio.

— Esse lugar é conhecido como "A Clareira". Todos os habitantes de Annwn têm autorização para se reunir aqui. A pedra no centro é um monólito, uma pedra falante.

— A pedra fala? — indagou Camelin.

— Não. — Gwillam riu. — Quem quer que suba na pedra tem o direito de falar, e os demais devem ouvir até o orador terminar. Ninguém pode interromper.

Camelin se deteve e olhou esperançoso o monólito enquanto os outros seguiam em frente.

Jack pousou em seu ombro.

— Que monólito enorme! Eu adoraria ter um no meu sótão para quando Timmery aparecesse. Eu trataria de subir na pedra, e ele não ia poder abrir o bico.

— Por falar nisso, você me disse que aconteceu alguma coisa no sótão e queria me contar.

— Tentei fazer mágica sozinho e...

— Posso saber o que os dois estão cochichando? — perguntou Nora.

As bochechas de Camelin ficaram rubras. Foi salvo pelo gongo quando Gwillam a parou e apontou na direção de outra placa.

— As Encruzilhadas Orientais — anunciou.

Mais uma vez, havia seis caminhos. Gwillam explicou aonde ia dar cada um deles.

— O Portal Leste fica na estrada à frente; o próximo caminho sobe até a montanha; aquele ali leva ao anfiteatro; e o de lá, à aldeia sul, próxima ao pântano, cujas planícies são úmidas e lamacentas, pois são inundadas com bastante regularidade. As casas são construídas numa plataforma com um passadiço da aldeia até a área seca.

— Anfiteatro? — perguntou Jack, olhando ao redor.

— Não dá para ver daqui, porque estamos do lado oposto, mas aquelas três colinas altas se unem. A do meio tem degraus com assentos do chão até o cume. É onde todos se reúnem para as últimas apresentações das festividades. Os melhores artistas distraem o público com histórias, malabarismos e músicas. E tem sempre uma montanha de comida.

— Que tipo de comida? — indagou Jack.

Camelin balançou a cabeça.

— Não consegue pensar em outra coisa?

Jack não teve chance de responder, pois Gwillam suspirou e continuou:

— Tudo mudou. As pessoas ainda se reúnem, mas ninguém tem permissão para ver os tesouros. Eles ficam trancados no aposento de Velindur. A Cerimônia das Encruzilhadas dos Caminhos não é realizada há centenas de anos, desde que os últimos visitantes saíram pelos portais. Desde então, ninguém mais viu a espada, a pedra ou a lança.

— E o caldeirão se foi ainda antes — adicionou Nora. — Se Velindur soubesse que nós o trouxemos de volta, estaria trancado junto com os demais tesouros.

O Portal de Glasruhen

— O caldeirão está seguro na aldeia? Jed e Teg sabem que ele está lá? — perguntou Jack.

— Está muito seguro, não se preocupe — retrucou Nora sorrindo. — Um toque de mágica e pronto, assunto resolvido. Duvido que alguém se interesse por uma velha chaleira amassada.

— Mas e se... — começou Camelin.

— Se alguém gostar, ficará grudado nela. Apliquei um pouco de cola mágica na alça, e não conseguirão ir a parte alguma se tentarem retirá-la da casa de Gwillam.

Todos riram.

— O que acontece na cerimônia e por que é chamada de Encruzilhada dos Caminhos? — indagou Jack.

Nora suspirou e olhou melancólica na direção das três colinas a distância.

— A cerimônia tem início após as festividades, quando começa o pôr do sol. Era uma cena maravilhosa. Todos acendiam velas; em seguida, os quatro grandes tesouros eram trazidos ao anfiteatro, e seus guardiães paravam voltados para o portal ao qual cada um deles pertencia. Os convidados se levantavam e caminhavam até o centro do anfiteatro. Detinham-se atrás dos tesouros, e quatro grandes procissões marchavam rumo aos portais de Annwn. A cantoria começava e só terminava com a chegada dos convidados aos portões. Então todos os que acompanharam as procissões se despediam e se separavam até a próxima visita.

— Agora que o caldeirão está de volta, farão isso quando nós formos para casa? — perguntou Jack.

— Quer dizer, se formos para casa, né? Esqueceu que ainda somos prisioneiros? — lamentou-se Camelin.

Gwillam repousou a mão no ombro de Camelin.

— Tente não se preocupar.

Nora e Gwillam caminharam à frente. Camelin suspirou e se voltou para Jack.

— Eu só queria ir ao festival.

— Da próxima vez. Quem sabe no dia de Samhain?

— Será tarde demais.

— Tarde demais para quê?

— Para resolver o assunto da minha lixeira.

— Que lixeira?

— Venho tentando contar desde que chegamos. Você sabe que tentei usar a minha varinha de condão. Resultado: agora tenho uma lixeira no sótão.

— Para quê?

— Para guardar meus suprimentos de reserva.

— De que tamanho é?

— Do tamanho de uma lixeira, como a que demos a Myryl.

— Grande daquele jeito?

— Na hora achei uma boa ideia.

— Mas o que isso tem a ver com a ida ao festival de Annwn?

— Eu queria uma rã oracular. Preciso saber quantos doces tenho na lixeira.

Jack riu, e Nora e Gwillam se viraram.

— Quieto! Não quero que Nora saiba — avisou Camelin.

— Do que estão rindo? — indagou Nora.

— Camelin estava me contando sobre as rãs oraculares — retrucou Jack.

— Não vejo uma faz anos. Dizem que são ótimas para informar a previsão do tempo... — começou Nora.

— Achei que pudessem prever tudo... — interrompeu Camelin.

— Não existem muitas rãs confiáveis, sobretudo no festival, onde só vendem aquelas que ninguém quer — explicou Gwillam.

Camelin fez uma careta e suspirou.

Gwillam riu.

— Não são tão boas quanto dizem, você sabe. Apenas os machos fazem previsão do tempo.

O Portal de Glasruhen

— Eu não sabia disso — retrucou Camelin, arrastando os pés.

— Deixe para lá — sussurrou Jack quando Nora e Gwillam se afastaram. — Talvez não tenha sido tão boa ideia colocar uma lixeira no sótão.

— O que acontecerá se eu nunca mais voltar a ver meu sótão? E se me trancarem aqui para sempre?

Jack não soube o que dizer. O que aconteceria se ele também não recebesse permissão de voltar para casa? Balançou as penas. Gostaria de ser livre para voar e explorar Annwn. Timmery e Charkle estavam vivendo uma aventura naquele momento. Pensou em pedir para acompanhá-los na exploração depois do julgamento. Em seguida, foi invadido pela culpa. Não seria justo ir sem Camelin.

— Onde terão ido Timmery e Charkle hoje?

— A algum lugar animado, espero, onde Timmery possa exercitar sua coragem.

— Mas você já começou a resmungar e falar mal de Timmery de novo? — perguntou Nora.

— Só não acho justo que se divirtam voando por aí enquanto eu tenho que andar. Não paro de pensar na sensação de voar, na brisa agitando minhas penas, nos *loops* duplos...

— Parem com isso — disse Gwillam. — Melhor nos apressarmos ou chegaremos atrasados. Precisamos atravessar o lago. Gavin está à nossa espera no barco.

Ouviu-se um farfalhar atrás de uma das árvores. Jack voou para ver o que era e encontrou Jed e Teg agachados atrás do tronco. Voou de volta e pousou no ombro de Gwillam.

— Estamos sendo seguidos — murmurou. — Acha que escutaram a nossa conversa?

Gwillam sorriu e respondeu num sussurro:

— Por isso eu dei tantas voltas. Chegamos ao outro lado do lago, onde só tem um barco. Ou eles vão ser obrigados a nadar ou a dar a volta a pé até onde os outros barcos ficam ancorados. Ninguém mais usa esse lado do lago, e o único meio de ir à Cidadela daqui é atravessar o portal da água, que conduz ao jardim da rainha.

— Mas assim eles vão saber para onde vamos.

— Podem supor, mas, antes do fim do julgamento, não conseguiriam relatar a Velindur nossa visita.

Jack não demorou a ver a margem do lago. Gavin acenou ao se aproximarem.

— À Cidadela, barqueiro — disse Gwillam em voz alta, enfiando a mão na túnica e retirando uma moeda grande. — Aqui está.

Gavin manteve o barco estável enquanto entravam. Tão logo se afastaram da margem, ele devolveu a moeda a Gwillam.

— Só temos esta. — Gwillam riu. — Torcíamos para não precisar de outras.

Ao se aproximarem da ilha, Jack viu um muro alto com uma arcada larga o suficiente para o barco passar.

— Esse é o portal da água — explicou Gavin. — Do outro lado, fica um laguinho e, a curta distância, o jardim da rainha. Velindur proibiu todos os barqueiros de usarem essa entrada, mas recebemos permissão da rainha em pessoa.

À medida que o barco flutuava ao longo do cais, duas corvas brancas pularam da árvore onde se encontravam.

— A rainha envia seus cumprimentos a todos — disse Hesta.

— Apenas Jack e Camelin podem entrar no jardim — continuou Winver. — A rainha encontrará os senhores mais tarde.

Jack e Camelin saltaram do barco e acenaram para os demais. Jack ouviu as duas cochichando. Hesta deu um pulo à frente.

— Jack, quer voar comigo? Winver pode mostrar o caminho a Camelin.

O Portal de Glasruhen

— Hum, e-eu acho melhor ficarmos todos juntos.

— Obrigado — murmurou Camelin.

Os dois pássaros brancos saltitaram e alçaram voo na direção de um portão prateado lindamente decorado. Ao se aproximarem, o portão se abriu. Dentro, havia flores espalhadas por todos os lugares. Jack sentia o cheiro de madressilva. Abelhas zumbiam barulhentamente em torno de uma planta pendurada no muro alto que cercava o jardim. No centro de um grande chafariz havia uma rocha negra de cuja superfície lisa jorrava água. Macieiras forneciam sombra para dois bancos de pedra. Hesta e Winver saltaram sobre um deles.

— Não querem se sentar conosco enquanto esperamos a rainha? — crocitou Winver.

Jack voou para o ombro de Camelin.

— Prefiro ficar de pé, se não se importam — respondeu Camelin, olhando os pés.

O movimento do abrir de uma porta chamou-lhes a atenção. Uma mulher jovem, alta e esbelta entrou no jardim. Estendeu os braços, e Hesta e Winver imediatamente voaram e se alojaram em seus ombros. Observou Jack e Camelin enquanto falava:

— Sejam bem-vindos. Annwn será eternamente grata aos dois por terem colaborado para restaurar o caldeirão e abrir o Portal de Glasruhen. Esperamos muito por esse momento.

Jack não sabia direito como se comportar. Essa devia ser a rainha, mas era serena e linda, e não tinha três cabeças como eles esperavam. Saltou para o chão e curvou a cabeça. Camelin também fez uma reverência.

— Hoje será um dia decisivo na nossa história. Recuperei meu antigo poder graças aos dois. A partir de hoje, Annwn voltará a ser o lugar feliz que costumava ser, e vocês nos ajudarão a atingir esse objetivo.

— Mas como? — indagou Camelin, acrescentando de pronto: — Sua Majestade.

— Sendo vocês mesmos e respondendo a todas as perguntas com a verdade. Apenas a verdade tem o poder de libertar vocês e o povo de Annwn da tirania cruel de Velindur. Ninguém, além dos dois e de minhas corvas, sabe que estou viva. Duvido que alguém acredite se contarem que me viram. Bem, isso não importa; tudo será revelado no seu devido tempo.

Jack não entendeu o que a rainha queria dizer, mas ela falava com tamanha calma e confiança que ele acreditou em todas as palavras. Em seu vestido esvoaçante, ela lembrava um pouco Arrana. Tinha mais ou menos a mesma altura de Gwillam, um rosto gentil e compridos cabelos castanhos. Lembrou que em seu *Livro de Sombras* aparecera a menção a Coragwenelan, rainha do Povo Feérico e Guardiã dos Portões de Annwn. Ao contrário de Velindur, não usava coroa nem manto luxuoso. Talvez os de Velindur pertencessem à rainha. A dúvida foi esclarecida logo em seguida, quando a rainha disse a Hesta e a Winver:

— Chegou o momento de nos prepararmos para o julgamento. Tragam os meus pertences e, em seguida, conduzam Jack e Camelin à Câmara do Conselho.

Hesta e Winver bateram as asas duas vezes antes de entrarem voando pela porta. Ao retornarem, carregavam entre os bicos um manto branco ricamente bordado, com desenhos celtas prateados entrelaçados. Colocaram o manto nos ombros da rainha, e ela o atou de forma que não caísse. Em seguida, Hesta apareceu com um cinto de prata. Coragwenelan o prendeu na cintura. Uma comprida bolsa de veludo preto encontrava-se pendurada num dos galhos da mais próxima macieira; ela a soltou e tirou de dentro uma varinha que guardou no cinto. Por fim, Winver trouxe uma linda coroa de prata incrustada com pequeninas pérolas, com nós entrelaçados e uma lua oval no centro. Havia duas luas crescentes, uma de cada lado da lua oval, voltadas uma para a outra. A rainha colocou com cuidado a coroa na cabeça.

— Estou pronta. É chegada a hora da partida. Gwillam deve estar à sua espera na Câmara do Conselho. Até logo!

Jack e Camelin fizeram uma profunda reverência, mas, quando ergueram os olhos, a rainha desaparecera. Hesta e Winver se aproximaram deles.

O Portal de Glasruhen

— Venha, siga-me, Jack — grasnou Hesta.

Antes que Camelin pudesse agir, Winver pousou em seu ombro e roçou as penas em seu rosto.

— Podemos seguir os outros?

Atravessaram o jardim do palácio até chegarem a um alto portão, que se abriu ao se aproximarem e se fechou sozinho logo após terem entrado. O barulho vindo da multidão reunida em torno de uma das torres de vidro aumentava à medida que se aproximavam. Hesta saltitou, pousou num corredor coberto e bateu três vezes com o bico numa porta de madeira. Gwillam a abriu.

— Obrigado — disse aos pássaros brancos que saltitavam para lá e para cá. — Levarei Jack e Camelin à câmara. Diga à rainha que tudo foi providenciado.

— Estou com medo — sussurrou Jack ao pousar no ombro de Camelin.

— Eu também.

Gwillam sorriu, encorajando-os.

— Agora preciso deixá-los. Os guardas os conduzirão até Velindur.

Um guarda de uniforme amarelo e vermelho deu um passo à frente. Prendeu os pulsos de Camelin com algemas de ferro e puxou a corrente com força para obrigá-lo a andar. Jack ouviu a porta bater e os passos de outro guarda atrás deles.

JULGAMENTO E ATRIBULAÇÕES

Reinava o silêncio na Câmara do Conselho à exceção dos passos a ecoarem no recinto vazio. Multidões se aglomeravam do outro lado das paredes de vidro. Jack teve a sensação de estarem dentro de um enorme aquário. Os dois foram empurrados para dentro da gaiola prateada, perto da plataforma onde o trono de Velindur fora instalado. As vozes abafadas do lado de fora aumentaram de volume, e Jack achou ter ouvido a palavra "ladrão". Nenhum dos dois falou, mas ambos se viraram quando a porta abriu, e Velindur adentrou a sala com passos largos. Os saltos dos sapatos ecoavam ao se aproximar da gaiola.

— Então voltamos a nos encontrar. Espero que a pessoa que vai representá-los, seja ela quem for, saiba que se trata de um caso perdido.

Jack viu Camelin engolir em seco. Os dois tinham se esquecido do assunto. Quem os defenderia no julgamento? Ninguém os visitara. O que aconteceria com eles? Velindur deve ter percebido o desespero nos olhos de Camelin. Começou a rir.

— Vocês não têm ninguém para representá-los, não é mesmo? Ninguém se prestaria a tal papel para defender um ladrão e um espião camaleão. Quem estaria disposto a bancar o tolo tentando defender uma dupla de invasores? Hoje vou me divertir muito. Que dia maravilhoso! Considerando que não há possibilidade de fracasso, eu mesmo exercerei a função de advogado de acusação. Ao Conselho Sagrado não restará outra opção senão declará-los culpados quando ouvirem as provas reunidas contra os dois. Então poderei exigir justiça e decidir seu destino.

Jack e Camelin trocaram olhares. Velindur caminhou até a multidão e ergueu o braço. As vozes subiram de tom. Ao retornar à sala, murmurou consigo mesmo: "Será apenas uma questão de tempo até conseguir me livrar desses druidas intrometidos de uma vez por todas. Nunca pensei que a abertura do Portal de Glasruhen pudesse me trazer tamanha sorte."

A porta bateu, e o barulho lá fora aumentou ainda mais.

— E agora, o que faremos? — sussurrou Jack.

— Estamos perdidos. Sinto muito ter metido você nessa enrascada. Acho que Gwillam não vai poder fazer nada para nos salvar.

— Nora não poderia ser nossa advogada?

— Os guardas ainda estão à sua procura; ela precisa permanecer escondida. Estará metida numa baita confusão se falar por nós. É bem provável que também seja presa.

Camelin sentou no chão e recostou as costas na grade. Jack arrastou-se e deitou a cabeça em seu joelho. Camelin acariciou-lhe as penas.

— Sinto muito.

— Eu sei.

Nada restava a fazer senão aguardar a chegada do Conselho Sagrado.

Uma batida forte na porta principal anunciou a chegada dos treze conselheiros. Dois guardas marcharam até a porta e a escancararam. Mais uma vez, os membros do Conselho Sagrado, todos trajando túnicas com capuz, entraram e se dirigiram às cadeiras de espaldar alto em torno da mesa em formato de lua cheia. Uma vez todos posicionados, os guardas cerraram as portas e marcharam para o outro lado da sala.

— O rei — anunciou um deles enquanto o outro abria a porta.

Velindur caminhou devagar pela câmara, seu manto escarlate roçava o chão, e a coroa de esmeraldas e rubis resplandecia ao girar a cabeça. Certificou-se de que todos os olhares estavam focados nele antes de subir a plataforma.

— Sentem-se — disse aos conselheiros, virando-se em seguida para encarar Jack e Camelin. — Os prisioneiros devem se levantar. Tragam os dois à presença do tribunal.

Camelin foi arrancado da jaula e obrigado a ficar de pé diante de um parapeito de madeira, de frente para os integrantes do Conselho Sagrado. Jack foi retirado, e lhe permitiram empoleirar-se no parapeito.

— Que tenha início o julgamento! — anunciou Velindur.

A figura encapuzada na extremidade da mesa se levantou e se dirigiu aos presentes. Jack reconheceu a voz de Gwillam.

— Como o povo faz parte deste julgamento, gostaríamos que fizesse parte do Conselho.

Pelo sorriso de Velindur, Jack percebeu que a ideia lhe agradou.

— Prossiga — ordenou.

Gwillam apontou o cajado para as paredes. Uma luz ofuscante atingiu o vidro, e ouviu-se a exclamação das pessoas quando as paredes evaporaram. O barulho era ensurdecedor; todos falavam a um só tempo. Velindur ergueu a mão, e imediatamente se calaram.

— Silêncio no tribunal! Quem representará os acusados?

Ninguém falou. Velindur desceu da plataforma e andou de um lado para outro.

O Portal de Glasruhen

— Repito a pergunta: quem representará os prisioneiros?

Jack sentiu vontade de chorar. Via as lágrimas brotando nos olhos de Camelin. Gwillam deu um passo à frente, mas, antes que pudesse se manifestar, foi interrompido por Velindur.

— Os membros do Conselho Sagrado são proibidos de defender os prisioneiros.

— Não me adiantei para falar em nome deles. Como ninguém veio, gostaria de apelar para o povo.

Velindur concordou. Gwillam se virou e se dirigiu ao público.

—Alguém gostaria de defender os acusados?

— Eu — respondeu uma figura alta e encapuzada atrás da multidão.

Todos se surpreenderam e abriram espaço. Jack não conseguia distinguir a pessoa por baixo das roupas.

— Seu nome? — perguntou Gwillam.

— Hynad — respondeu a figura encapuzada.

— Nora! — sussurrou Camelin.

Jack meneou a cabeça. Não tinha certeza, mas quem mais poderia ser?

Velindur aproximou-se da mesa. Fitou Hynad antes de se virar para se dirigir ao Conselho.

— Acuso o menino de espião camaleão e o corvo de ladrão. Ambos entraram em Annwn sem serem convidados. É contra a lei que qualquer mortal venha a Annwn. Exijo que sejam punidos, tanto pela invasão quanto pelos outros crimes por eles cometidos.

A mulher alta e encapuzada aproximou-se da mesa e se deteve perto de Velindur, dirigindo-se também ao Conselho Sagrado.

— O menino não é camaleão nem tampouco espião; quanto ao corvo, não é ladrão.

Velindur riu.

— É só isso o que tem a dizer?

— É a verdade.

— Sugiro julgarmos primeiro o caso do menino e depois o do corvo. Concordam?

Ouviu-se um murmúrio percorrer o grupo formado pelo Conselho, e os treze homens acenaram em concordância.

— Chamo a primeira testemunha dos crimes do menino — anunciou Velindur.

Jack reconheceu o guarda do calabouço. Ele estava espremido diante da mesa.

— Narre ao Conselho Sagrado o ocorrido — ordenou Velindur.

— Eu apanhei dois corvos e tranquei os dois numa das celas. Ninguém entrou nem saiu; mas, quando voltei para impedir a algazarra, um dos corvos desaparecera, e, em seu lugar, surgira o menino.

A multidão agitou-se. Jack podia ouvir a palavra *camaleão* sendo pronunciada repetidas vezes. Velindur sorriu e apontou para Camelin.

— Você mudou da forma de corvo para a de menino como um camaleão?

— Não sou um menino-camaleão — respondeu Camelin em voz alta, com o propósito de ser ouvido pela multidão.

O povo se alvoroçou novamente. Jack torceu para Velindur não perguntar se ele era capaz de se transformar.

— Seu mentiroso! — vociferou Velindur. — Afirmo que é um menino-camaleão.

Gwillam fez sinal a Hynad para que desse um passo à frente. Parada diante de Camelin, voltou-se para os membros do Conselho Sagrado e para a multidão.

— Se o menino fosse camaleão, por que não voltaria a ser corvo? Por que permaneceria menino? Que motivo teria para desejar que soubessem de sua capacidade de transmutação?

Esperançoso, Camelin fitou Jack.

— Quem é você? — perguntou a mulher.

— Sou Camelin, aprendiz de Gwillam, Supremo Sacerdote Druida e Guardião do Santuário do Bosque Sagrado, próximo à fonte do Santíssimo Carvalho.

O Portal de Glasruhen

Velindur apontou para Camelin.

— Volto a dizer que está mentindo. Conhecemos Gwillam e sabemos que ele não tem nenhum aprendiz. Além disso, não existe em Annwn nenhuma fonte do Santíssimo Carvalho.

A multidão concordou. Hynad esperou os ânimos se acalmarem.

— Convoco minha primeira testemunha.

Velindur demonstrou surpresa. Jack se perguntou quem se apresentaria para defender Camelin. A multidão voltou a abrir espaço, e Gavin caminhou até a mesa.

— Nome — solicitou Hynad.

— Meu nome é Gavin, e sou o antigo aprendiz de Gwillam, líder do Conselho Sagrado.

— Gavin, conhece esse menino?

— Conheço, sim. Seu nome é Camelin. Ele se tornou aprendiz de Gwillam depois de mim.

— Mentira! — vociferou Velindur. — Tudo invenção.

Gavin recuou. Velindur parecia furioso e fitou Camelin com raiva.

— Como entrou em Annwn?

— Pelo Portal de Glasruhen.

— Eu disse que ele era espião. Como entrou pelo Portal Oeste? Afirmo que você invadiu Annwn.

— Não; encontrei o portal aberto, e ele continuava aberto quando tentamos ir embora.

Uma exclamação percorreu a multidão. Jack tomou consciência do choque das pessoas ao tomarem conhecimento de que o portal havia sido aberto.

Hynad dirigiu-se com firmeza aos membros do Conselho.

— Se o menino fosse espião, por que atrair a atenção para si deixando o portal aberto? Não seria mais lógico um espião entrar em Annwn sem ser notado e, em seguida, fechar o portal?

Velindur andava para cima e para baixo.

— Exijo saber quem o mandou a Annwn e para quê.

— Ninguém me mandou. Entrei porque o Portal de Glasruhen estava aberto, e eu queria ir ao festival.

Algumas das pessoas na multidão riram.

— Você entrou como corvo e trouxe outro com você. Os corvos foram banidos de Annwn. Você infringiu a lei — berrou Velindur.

— É verdade — confirmou Camelin.

Fez-se silêncio.

— Até que enfim ele admite ser culpado. Que a sentença seja pronunciada.

Hynad se plantou diante da mesa.

— Peço que o menino seja perdoado. Ele não sabia estar cometendo um crime; apenas queria vir a Annwn e divertir-se no festival.

O recinto permaneceu silencioso enquanto cada um dos integrantes do Conselho Sagrado escrevia o veredicto e entregava o resultado a Gwillam. Uma vez todas as sentenças reunidas, o Supremo Sacerdote se ergueu e bateu o cajado.

— A opinião foi unânime. Julgamos o prisioneiro inocente de espionagem e de ser um menino-camaleão.

A multidão vociferou, e Jack percebeu a total insatisfação de Velindur. Camelin parecia aliviado. Gwillam bateu o cajado, exigindo silêncio.

— Julgamos o prisioneiro culpado de invasão.

— Não — gemeu Camelin, caindo de joelhos e tentando conter as lágrimas.

Velindur se acercou das grades; mas, antes que pudesse falar, Hynad tocou-lhe o braço.

— Eu lhe imploro que seja justo ao decidir o destino do menino. Não o puna com severidade.

Velindur se desvencilhou, encaminhou-se para o local onde Jack se encarapitara e o apontou. Esperou o silêncio absoluto antes de falar alto e bom som:

— O corvo é ladrão. Convoco minha primeira testemunha.

O Portal de Glasruhen

A mulher da barraquinha de doces acercou-se da mesa.

— Dê uma boa olhada no acusado antes de se pronunciar — avisou Gwillam.

— É ele mesmo! Foi esse o corvo ladrão que roubou meu bolo de chocolate!

— Nós também o vimos — gritou um grupo no meio da multidão.

— É só isso — declarou Velindur. — Agora convoco minha segunda testemunha.

O homem da barraca de churrasco também inspecionou Jack.

— É ele. Roubou uma fileira de minhas melhores linguiças, sete no total.

Hynad se aproximou das duas testemunhas.

— Como podem ter certeza de que foi esse o corvo que roubou sua comida?

— Foi esse mesmo, não tenho a menor dúvida — afirmou a mulher.

— Basta! — determinou Velindur. — Ele é ladrão e infringiu a lei. Não apenas roubou, mas também comeu em Annwn sem ter sido convidado, o que também é contra a lei. Permitam que o Conselho Sagrado chegue a um consenso.

Com presteza, Hynad se postou diante dos membros do Conselho antes que estes pudessem começar a escrever o veredicto.

— O corvo não teve a chance de responder às acusações de que é vítima.

Velindur soltou uma gargalhada.

— Como um pássaro idiota terá condições de compreender o que dizemos?

Gwillam acenou, autorizando Hynad a prosseguir. Ela se aproximou de Jack.

— Você roubou alguma comida desde que entrou em Annwn?

— Não — grasnou Jack o mais alto que pôde.

Todos os olhares se viraram em sua direção. Suas pernas começaram a tremer. Velindur ficou boquiaberto. Enquanto Jack falava, ele o fitava, tomado da mais completa incredulidade.

— Não comi nada que não me tenham oferecido.

— Está mentindo. É um espião camaleão também — esbravejou Velindur.

— Você é espião? — perguntou Hynad. — É um menino-camaleão?

— Não sou espião nem sou camaleão. Vim a Annwn com meu amigo Camelin. Ele queria ir ao festival.

— Se não tem o dom da metamorfose, então o que você é? Quem é você? — indagou Velindur.

— Meu nome é Jack Brenin, e sou um menino-corvo.

A multidão, bem como alguns dos membros do Conselho Sagrado, demonstrou deslumbramento. Velindur puxava o manto enquanto andava de um lado para outro do aposento.

— Não é possível. Exijo um veredicto agora mesmo. Os senhores estão de posse de todas as provas.

Ouviu-se um debate acalorado entre os integrantes do Conselho Sagrado. As lousas foram passadas para Gwillam. Ele se ergueu. Fez-se silêncio.

— Julgamos o prisioneiro culpado.

A multidão veio abaixo.

Com o coração apertado, Jack inclinou a cabeça.

Hynad voltou a dar um passo à frente.

— Suplico que seja leniente.

Velindur a ignorou e marchou em direção à mesa.

— Leia os direitos para os prisioneiros.

Gwillam se levantou e desenrolou um pergaminho.

— Ambos se declararam inocentes. Pelas Leis de Annwn, caso insistam na inocência e o acusador esteja errado, podem aceitar a punição imposta pelo rei ou enfrentar a Lança da Justiça. Se optarem pela Lança e tiverem dito a verdade, não sofrerão nenhum mal. Caso contrário, morrerão.

O Portal de Glasruhen

O silêncio pairou sobre a sala. Velindur voltou a subir na plataforma e sentou-se no trono.

— A lei é clara; a penalidade é a morte.

— Não — choramingou Camelin.

Jack ficou paralisado, incapaz de se mover ou de falar. Fitou Hynad, que permanecia balançando a cabeça.

— Volto a pedir pela última vez que reconsidere a punição imposta. Os acusados vieram a Annwn acreditando que seriam bem-vindos e não presos.

Velindur ergueu a mão para silenciar a multidão.

— Creio ter sido bastante claro. Esta é a minha palavra final.

Lágrimas escorreram pelo rosto de Camelin. Jack sabia que precisava ter coragem. Haviam lhe dito para contar a verdade, e assim agira. Não entrara em Annwn andando — voara —, embora achasse que Velindur não estava disposto a discutir esse detalhe. No entanto, tinha plena consciência da falsidade das outras acusações. Ele não era mais um ser totalmente humano, era um menino-corvo. E, com certeza, não havia roubado comida nenhuma.

— Eu me disponho a enfrentar a Lança da Justiça — grasnou, mas a garganta, de tão seca, fez a voz sair tão baixinha que poucos o escutaram.

— Não — voltou a choramingar Camelin. — Isso é tudo culpa minha.

— O que disse? — inquiriu Velindur.

Jack reuniu todas as forças, e, com as costas eretas, sentou-se.

— Vou me submeter à Lança da Justiça. Eu disse a verdade.

— Traga a Lança — ordenou Velindur a um dos guardas.

Jack sentiu lágrimas quentes encherem seus olhos. Mal conseguia fitar Gwillam quando este caminhou devagar até o centro da sala e se posicionou diante de Jack. O recinto mergulhou no silêncio. Ninguém se mexeu até a porta dos aposentos de Velindur se abrir. Quando o guarda saiu, a multidão começou a exclamar.

— A Lança, a Lança — repetiam como se entoassem um cântico. Faziam tamanho barulho que não ouviram Gwillam pedir silêncio. Foi preciso que ele batesse a Lança no chão diversas vezes, antes de o barulho diminuir. Quando se fez silêncio e todos os olhos se concentraram nele, ergueu a Lança bem alto para que todos pudessem vê-la. Um murmúrio percorreu a multidão, seguido do silêncio. Jack quis fechar os olhos, mas não desejava que ninguém tomasse conhecimento do seu medo. Então, engoliu em seco e permaneceu sentado, imóvel.

Gwillam empunhou a Lança com as duas mãos e inclinou a cabeça. Esperou alguns segundos, que pareceram horas para Jack. Quando voltou a erguer o rosto, a ponta da Lança brilhava. Gwillam voltou a erguê-la e a exibiu à multidão, proclamando alto e bom som:

— Que a Luz da Verdade da Lança da Justiça decida o destino do prisioneiro.

— Não — berrou Camelin. — A culpa é minha. Jack não comeu as linguiças, fui eu.

Ninguém lhe prestava atenção. Todos os olhos estavam fixos em Gwillam quando este apontou com vagar a Lança na direção do coração de Jack. Quando a Lança ficou na horizontal, uma faísca de luz explodiu da ponta, mas, antes que alcançasse Jack, Camelin se atirou na frente do rápido feixe de luz.

— Não! — gemeu Jack, quando Camelin caiu no chão. — Não!

Precipitou-se e tentou engolir as lágrimas ao ver o corpo inanimado de Camelin.

Nenhum ruído. De repente, uma mulher da multidão gritou e saiu correndo, caindo de joelhos, erguendo a cabeça de Camelin e repousando-a no braço. Apesar das lágrimas, Jack viu que se tratava de Nora que, carinhosamente, envolveu com o outro braço o corpo trêmulo de Jack.

— Prendam essa mulher! — ordenou Velindur aos gritos.

Dois guardas se adiantaram.

— Basta! — declarou Hynad. — Não posso mais permitir que essa farsa continue. Os prisioneiros diziam a verdade. Esperavam serem bem-recebidos aqui e não aprisionados. Acharam que poderiam se

O Portal de Glasruhen

divertir no festival e comer como costumavam fazer numa época mais feliz de nossa história. A verdade é que o Portal Oeste foi aberto e o caldeirão reconstruído graças a Jack Brenin, o menino-corvo.

Jack ouviu seu nome, mas continuou incapacitado de falar. Embora, a princípio, Hynad nada pudesse fazer para melhorar a situação, continuou a falar. A multidão arregalou os olhos. Ninguém a desafiou; ninguém a interrompeu.

— A rainha vive e passa bem.

— Outra mentira. Annwn não tem mais rainha. Eu sou o único soberano — vociferou Velindur.

Hynad abaixou seu capuz. A coroa de prata reluziu à luz do sol. A multidão silenciou. Ela se virou e encarou Velindur.

— Volto a repetir que a rainha passa bem.

— Coragwenelan! — sussurrou ele.

— A rainha! — exclamou a multidão.

Nora sussurrou algo para Jack, mas o barulho era tal que ele não conseguiu ouvir. Queria fugir, voar para casa, estar em qualquer outro lugar, menos ali. A rainha continuou seu discurso. Elevou a voz para que todos conseguissem ouvi-la.

— Eu implorei que fosse leniente, justo e correto. No entanto, acusou os prisioneiros injustamente. Sei que conspirava para acabar com o Conselho Sagrado de Annwn e deve responder pelo seu crime.

— Eu não me enganei; o menino morreu. Não há prova do crime de que me acusa.

Jack sabia que aquela era a hora de falar. Voou de novo, jogou a cabeça para trás e emitiu o chamado do corvo. A multidão silenciou.

— Ouvi Velindur planejando se livrar de Gwillam. Ele afirmou que, se o tirasse de seu caminho, o Conselho Sagrado faria o que ele bem entendesse.

— O corvo tem o direito de exigir que você enfrente a Lança pelas injustiças que lhe impôs. Então, Velindur, vai enfrentar a Luz da Verdade ou prefere ser banido de Annwn para sempre? — indagou a rainha.

Velindur precipitou-se sobre a rainha, mas Gwillam foi mais rápido e usou o cajado para impedi-lo.

— Então, Velindur, já decidiu o que prefere?

— Eu sou o rei. Você não pode simplesmente entrar aqui e tentar assumir o poder. Se não fosse por mim, Annwn teria sido saqueada. Fechei os portais e mantive a segurança em nossas terras. Deveria se curvar, reverenciando-me, em vez de me ameaçar.

— Deixe que o povo decida — propôs a rainha. — Eu lhes ofereço paz e prosperidade. Agora que estou bem, podemos mais uma vez abrir os portais. Podemos voltar a viver em um reino feliz como no passado. A Terra mudou, e não sofremos mais ameaças. A espécie humana deixou de ter interesse em nosso povo.

— A Terra não mudou. Os seres humanos são egoístas; não existe ninguém nascido na Terra que tenha sido capaz de um só gesto de abnegação.

— Discordo — interferiu Nora.

— Por acaso conhece algum mortal altruísta?

— Conheço, e ele se encontra à sua frente neste exato momento.

As pessoas olharam em volta para ver a quem Nora se referia.

— Jack Brenin recebeu o poder de Annwn das mãos de Arrana.

Exclamações de surpresa do público encheram o recinto.

— Por sua coragem, bravura e abnegação em nos ajudar a restaurar o Caldeirão da Vida, Arrana concedeu a ele um pedido.

Velindur soltou uma gargalhada.

— É bem provável que ele tenha ajudado com a intenção de entrar e saquear Annwn depois que você tivesse aberto o Portal de Glasruhen. Tenho certeza de que o pedido dele atendia a um interesse pessoal.

— Ele pediu uma varinha para Camelin.

A multidão murmurou e mergulhou no silêncio quando Nora prosseguiu.

— Um gesto absolutamente altruísta.

— Por que ele não pediu uma varinha para si mesmo?

O Portal de Glasruhen

— Porque não precisava; já havia recebido uma de Arrana.

— Você não tem como provar isso.

— Tenho, sim — disse Nora, apresentando a varinha. Levantou-a, exibindo-a a todos, e a colocou no bico de Jack. A varinha imediatamente ficou lisa.

A rainha voltou-se de novo para a multidão.

— A decisão cabe a vocês. Rei ou rainha?

— Rainha, rainha, rainha — repetia o povo.

Coragwenelan curvou-se diante da multidão e voltou-se para Velindur.

— A Lança da Justiça ou a expulsão?

— Você não se livrará de mim com tanta facilidade. Há de se arrepender por me tratar assim. Um dia, eu me vingarei, pode estar certa.

— Então presumo que tenha optado pela expulsão.

— Não me resta outra escolha. Não enfrentarei a Lança.

Coragwenelan tirou sua varinha, e Gwillam retirou do bolso um vidrinho.

— *Vespula!* — exclamou a rainha, apontando a varinha para Velindur.

O homem chacoalhava de um lado para o outro ao começar a encolher. Gwillam tirou a tampa do vidro e esperou até a metamorfose ser concluída. Uma pequenina vespa emergiu do manto escarlate caído ao chão. O Supremo Sacerdote capturou a furiosa criatura, fechou a tampa e entregou o vidro a um dos membros do Conselho Sagrado.

— Vamos resolver seu destino depois. Por enquanto, temos assuntos mais importantes — disse Gwillam, abrindo caminho até Camelin.

— Tudo vai entrar nos eixos agora — disse Nora a Jack.

Jack não entendia como alguma coisa poderia voltar a entrar nos eixos. Camelin se sacrificara; havia perdido seu melhor amigo. Foi tomado pela exaustão. Voou até o chão.

— O que houve? — resmungou Camelin.

— Você está vivo! — exclamou Jack aos prantos. — Como?

Lágrimas de alegria substituíram as de tristeza. Camelin se sentou devagar e movimentou a cabeça. Apertou o peito e depois observou as pernas e braços.

— Estou tonto.

— Logo vai se sentir bem — tranquilizou-o Nora. — Você sofreu um abalo e tanto, mas em poucas horas voltará ao normal.

Jack emudecera, felicíssimo por Camelin não ter se machucado. Nora se levantou e começou a explicar.

— Peço desculpas, Jack. Quando me aproximei, tentei explicar que ele apenas sofrera um choque, mas você não me ouviu. Depois, tudo aconteceu tão rápido. Camelin apenas disse a verdade. Até admitiu ter comido as linguiças. A Lança da Justiça não poderia feri-lo.

— Eu também disse a verdade. Nada aconteceria comigo, não é?

— Eu não podia deixar você correr esse risco — comentou Camelin.

— Eu sou o culpado de toda essa confusão.

— Conversaremos sobre isso depois — disse Nora. — Chegou a hora de irmos todos para a casa de Gwillam descansar um pouco antes do festival. Hoje foi um dia e tanto.

— Festival? — perguntou Camelin. — Então vamos nos divertir no festival?

— Só quando eu tiver certeza de que os dois passam bem — concordou Nora.

— Já melhorei — afirmou Camelin.

— Eu também — confirmou Jack.

— Gostaria de que fossem ao meu jardim antes de voltarem à aldeia — convidou Coragwenelan. — Tenho algo muito especial a mostrar. Timmery, Charkle e Elan também estarão presentes.

— Então, ao jardim — disse Gwillam.

Todos seguiram a rainha e deixaram a Câmara do Conselho.

NOZES PEQUENINAS

Com o coração ainda disparado, Jack se dirigiu ao jardim da rainha. O estresse das últimas horas lhe sugara a energia. Apesar de não ter sido atingido pela Lança, sentia tonteira. E muita fome — afinal, já passava da hora do almoço. O apetite despertado pelo cheiro de comida trazido pela brisa e o ronco do estômago confirmaram que ele precisava comer com urgência.

— Foi você? — perguntou Camelin.

— Desculpa — respondeu Jack. — Eu poderia comer uma montanha. Estou morto de fome.

— Não se preocupe, vou conseguir comida para você.

Jack se perguntou se Camelin faria sua *break dance* para impressionar os presentes, mas o amigo achou que não seria tão legal, agora que voltara a ser um menino. Deteve-se, pôs a mão na cabeça e gemeu.

— Caramba, estou muito tonto. Acho que preciso comer.

Nora correu e o apoiou.

— Não vamos demorar. Tenho certeza de que pode pedir alguma coisa na cozinha da rainha. Acha que aguenta até chegarmos lá?

— Acho que sim — respondeu Camelin com voz fraca.

Tinham se deixado ficar para trás, mas Nora não mostrou pressa em se unirem aos outros.

— Vocês dois estão passando bem?

— Sim — respondeu Jack, lançando a Camelin um olhar de aviso para que não exagerasse.

— Nós não fazíamos ideia de como seria o desfecho do julgamento. Tudo o que tínhamos era uma mensagem da rainha. Apenas Gwillam e eu sabíamos que ela os defenderia. Depositamos em vocês a esperança de que dissessem a verdade e, felizmente, agiram como esperávamos. Os dois demonstraram muita coragem na Câmara do Conselho.

— Muita coragem — ecoaram duas vozes lá no alto.

Jack ergueu o olhar. Hesta e Winver, empoleiradas, riram ao ver Camelin corar de vergonha.

— A rainha pediu que avisássemos que o jantar está pronto — disse Hesta.

— Sinto muito pelo atraso — disse Nora. — Camelin não está se sentindo muito bem. Estamos indo.

— Melhor nos apressarmos — rebateu Jack. — Não queremos que a comida tenha acabado quando a gente chegar.

— Não se preocupe; a comida não vai sumir — comentou Winver. — Vocês dois são os convidados de honra, e a comemoração não terá início sem a sua presença.

O jardim parecia ligeiramente diferente. Sob a sombra das macieiras, armaram uma mesa comprida, carregada de todo tipo imaginável de comida.

— Uau! Olha só quanta comida! — exclamou Jack. — Isso não deixa você animado, Camelin?

O Portal de Glasruhen

— Deixaria se eu voltasse a ser corvo. Adoraria voltar a viver faminto. Estou com fome, mas não como antes. A comida deixou de ter aquele sabor delicioso. Odeio não conseguir voar. Já temos liberdade para explorar o local, mas não será a mesma coisa se eu tiver de andar.

Gwillam ouviu o desabafo e, com expressão tristonha, disse:

— Achei que tivesse decidido voltar a ser meu aprendiz e concluir seu treinamento.

Camelin respondeu:

— Eu me sinto estranho como menino; não tem muita graça. Acho que prefiro voltar para casa com Nora e Jack a permanecer aqui, se o senhor não se importar. Podemos voltar para visitá-lo, não podemos?

— Claro que você pode me visitar; e Jack também. Talvez Nora possa concluir o seu treinamento. Mas, agora que tem a sua própria varinha de condão, precisa aprender a ler e a escrever.

— Mas eu já sei ler e escrever.

Gwillam fitou Nora.

— Não fui eu que ensinei; foi Jack.

— Olha só — disse Camelin, pegando uma vareta e rabiscando seu nome na terra.

Jack percebeu o quanto Gwillam se mostrava impressionado. Camelin se esqueceu de contar que ainda precisava de muita prática.

— Nora me deu um *Livro de Sombras*, então você vai poder me escrever — disse Gwillam.

Jack sorriu. Gwillam descobriria sozinho o quanto Camelin escrevia errado.

— Talvez você também possa nos escrever — disse Winver, piscando os olhos azuis cintilantes para Camelin. — Nós sabemos escrever.

Camelin engoliu em seco, sem nada dizer.

— Mal posso esperar para ver você transformado em corvo — continuou Winver. — Aposto que é muito bonito. Concorda comigo, Hesta?

— Não tão bonito quanto Jack.

Dessa vez, foi Jack quem ficou encabulado. Sentiu um imenso alívio ao ver Elan aparecer na porta com Timmery e Charkle pairando sobre sua cabeça.

— Puxa, Jack — choramingou Timmery —, soubemos de tudo o que aconteceu no julgamento. Vocês dois foram tão corajosos...

— Fomos mesmo — concordou Camelin.

— Está tudo bem? — perguntou Elan.

— Tudo ótimo — respondeu Jack.

Todos esperaram ansiosos pela rainha. Viraram-se ao ouvir um ruído no aposento. Uma mulher idosa, mais ou menos da idade de Nora, apareceu, seguida por uma mais jovem.

— Gostaria de apresentá-los à minha mãe, Cora, e à minha avó Gwen — disse Elan.

Gwillam se curvou ao cumprimentá-las.

— Sua Majestade — disse. — Acho que chegou a hora de revelar o segredo aos seus mais leais súditos.

Elan, Gwen e Cora inclinaram a cabeça ao mesmo tempo. Deram-se as mãos e as ergueram no ar. Uma brisa soprou e, pouco a pouco, foi aumentando, até um leve redemoinho engolfá-las, e elas começarem a girar. As cores mais brilhantes que Jack já vira faiscaram em todas as direções. Cessado o redemoinho, a rainha saiu em meio à luz brilhante. Jack e Camelin ficaram atônitos.

— Mas... — disse Camelin, engolindo em seco.

— Você é a rainha, quer dizer, as três, Cora, Gwen e Elan — exclamou Jack. — Disse que eu poderia ver como você é de verdade quando estivéssemos em Annwn. E pensar que eu achava que fosse um beija-flor!

— Só Nora e Gwillam sabiam — explicou Coragwenelan. — Quando Elan ficou presa na Terra, não pudemos mais aparecer como rainha. Precisávamos estar juntas para fazer a transformação. Não nos demos conta até ser tarde demais e, na ocasião, havíamos perdido quase

O Portal de Glasruhen

todo o nosso poder mágico. Se você não tivesse aberto o Portal de Glasruhen, Annwn nunca mais voltaria a ter uma rainha e ficaria à mercê de Velindur.

— Não há um pingo de bondade naquele homem — interrompeu Camelin. Em seguida, enrubesceu ao lembrar a quem se dirigia e acrescentou: — Sua Majestade.

Todos riram.

— Se não se importarem, vamos nos separar; nós nos sentimos melhor como três pessoas. Faz tanto tempo que não somos Coragwenelan que é estranho estarmos juntas.

— Entendo perfeitamente — resmungou Camelin. — Gostaria de voltar a ser corvo. Não tenho muita certeza se gosto de ser menino.

— Você quer mesmo voltar a ser corvo? — perguntou Coragwenelan. — Podemos satisfazer seu desejo. Você fez tanto por Annwn que isso é o mínimo que podemos fazer por você.

— Ah, por favor, Sua Majestade. Pode me transformar em corvo?

Coragwenelan pegou a varinha do cinto prateado e começou a girá-la. As cores rodearam o corpo de Camelin até ele sumir de vista. Assim que o colorido desapareceu, surgiu uma figura escura.

— Sua Alteza, a senhora conseguiu — grasnou saltitante. — A senhora me ajudou a voltar a ser eu mesmo. Quando podemos comer? Estou morto de fome!

Jack viu Winver cutucar Hesta. Ocupado em procurar a comida, Camelin nem notou.

— Olha só! Eu disse que ele devia ser bonito...

Coragwenelan ergueu as duas mãos no ar e começou a girar de novo. Em meio às explosões de luzes coloridas, Jack viu três figuras diferentes se formarem até Cora, Gwen e Elan se apresentarem diante deles. O estômago de Jack roncou, e o de Camelin respondeu em eco.

— Acho melhor comermos antes que Camelin volte a desmaiar — disse Elan, rindo.

— Camelin teve seu desejo atendido. E você, Jack, o que deseja? — perguntou Elan quando todos terminaram a refeição. — Deve ser algo para você, pois merece muito. Pense bem.

Jack não precisou pensar duas vezes. Sabia exatamente o que queria.

— Gostaria de ver a Mãe Carvalho quando forem recolher as nozes.

— Podemos atender a seu pedido sem a menor dificuldade. Voltaremos a nos encontrar na casa de Gwillam mais tarde e podemos ir juntos visitar a Mãe Carvalho.

— Obrigado.

— Agora que Camelin pode voar, por que não saem para dar uma volta em Annwn? — perguntou Nora.

— Ótima ideia — disse Camelin com o bico cheio de comida. — Sabe que essa é a melhor torta de maçã que já comi na vida?

— Que elogio! Ainda mais considerando que ele comeu pouquíssimas tortas... — disse Elan às gargalhadas.

— Podemos ir também? — perguntou Hesta.

— Sinto muito, mas o passeio é só para meninos — respondeu Camelin.

— Ai, que máximo, Charkle. Isso quer dizer que podemos participar dessa aventura — disse Timmery.

Camelin fechou a cara.

— Claro que podem vir — disse Jack aos dois beija-flores. — Será um prazer sair com vocês para essa farra entre *meninos*.

Hesta e Winver pareciam desapontadas.

— Vemos vocês mais tarde, então, na comemoração do festival. Talvez possamos dar uma volta por lá juntos — sugeriu Winver.

Nora sorriu.

— Isso seria maravilhoso. Não acham, meninos?

Eles fizeram que sim, sem o menor entusiasmo.

— Vamos, o que estamos esperando? — perguntou Camelin. — Temos muito a fazer, lugares a visitar e um monte de coisas para ver. Prontos?

Ao saírem sobrevoando o jardim, o coração de Jack parecia explodir de tanta felicidade. Quanta alegria! Finalmente estavam livres e saíam para explorar o lugar juntos.

— Aonde vamos primeiro? — berrou Jack.

— Que tal as montanhas? Elas são incríveis, dá para ver as Cavernas do Repouso Eterno onde os druidas dormem — disse Timmery.

— Para as montanhas! — grasnou Camelin, dando um voo triplo antes de subir em espiral.

— E você?

— Ainda não estou pronto para essas manobras radicais — retrucou Jack.

Charkle voou rapidamente na direção de Camelin e, no último instante, virou as asas no sentido contrário e voou de marcha a ré.

— Exibido! — resmungou Camelin enquanto disparavam rumo às montanhas.

Ao se aproximarem das montanhas, a temperatura caiu. Os campos, a floresta e o calor do sol ficaram para trás. Fazia muito frio à sombra dos picos cobertos de neve.

— Aqui! — berrou Charkle. — A entrada é por aqui.

Quando Jack desceu na direção da parede principal do penhasco, viu uma saliência. Uma trilha serpenteava ao redor dos montes, formando um arco natural na rocha. Algo semelhante a um pedaço de vidro fechava a entrada da caverna. Timmery flutuou diante dela.

— Venham até aqui e deem uma olhada; dá para ver lá dentro.

Jack espiou. O que considerara um pedaço de vidro era, na verdade, uma placa de gelo.

— Puxa, Camelin, olhe só isso! — exclamou.

Camelin voou e pousou no peitoril. Enfiou a cabeça e espiou.

— Uau! São joias?

— Não, são cristais — replicou Charkle. — Descobrimos muitas coisas sobre essa caverna. Ninguém pode entrar. O gelo é mágico; os druidas o usaram para se trancarem. Escolheram essa caverna por ser cheia de cristais naturais. Desse jeito, são banhados pela luz natural.

— Todos sabem onde fica a caverna, mas, por estar trancada, ninguém pode entrar — acrescentou Timmery. — Está vendo aquele enorme diamante? Se for girado três vezes, o gelo derrete, e aí eles podem sair.

Jack olhou o diamante, que cintilava à revelia do sol ter se posto. A caverna inteira brilhava.

— Acha que eles vão querer sair agora que Velindur se foi? — perguntou Jack.

— Como vão saber o que aconteceu se estão dormindo? — retrucou Camelin.

— Talvez Gwillam saiba como acordá-los — sugeriu Timmery. — Aposto que gostariam de ser informados do retorno da rainha.

Permaneceram lá mais um tempo, encantados com a caverna. Viam os nichos de pedra entalhados nas paredes e, dentro de cada um deles, um druida dormia com uma varinha ao lado e um cajado sobre o corpo.

— Estou ficando com frio — disse Charkle.

— Eu também — concordou Camelin.

— Hora de partir — anunciou Timmery. — De volta à aldeia. Sigam-me.

O Portal de Glasruhen

— Até que enfim! — exclamou Nora ao vê-los entrarem voando na casa de Gwillam.

Todos começaram a falar ao mesmo tempo, na tentativa de contar a Nora as coisas incríveis que haviam visto, até ela erguer a mão, ordenando que se calassem.

— Achei que quisessem visitar à Mãe Carvalho. Desse jeito, não chegaremos lá a tempo de dar uma olhada nas barracas antes do festival.

Todos concordaram.

— Estamos prontos. Só estávamos esperando vocês chegarem.

Jack olhou ao redor e viu Gwillam e Elan parados na porta. Ela segurava uma algibeira de couro.

— Para as nozes — explicou.

— De quantas precisa? — perguntou Jack.

— De tantas quanto a Mãe Carvalho decidir nos dar — comentou Nora. — Temos de explicar a situação, e ela nos concederá o que for necessário para dar um jeito de resolver tudo lá na Terra.

— Podemos ir? — perguntou Gwillam.

Nora voltou-se para Timmery e Charkle.

— Importam-se de ficar aqui? Temos uma vespa irritada a ser vigiada. Não queremos que caia nas mãos erradas.

Os dois passarinhos flutuaram diante do jarro que Gwillam colocara sobre a mesa.

— Será uma honra guardar a casa enquanto estiverem ausentes — respondeu Timmery. — Pode deixar que tomaremos conta para que ninguém chegue perto do pote de vidro.

— Terão uma bela recepção se tentarem — riu Charkle, soltando uma coluna de fogo na direção da lareira.

Jack e Camelin apostaram corridas, perseguiram um ao outro, desceram rápido e mergulharam em direção ao norte.

— Olhe! — grasnou Camelin. — Estamos quase chegando.

— Nossa, como é enorme! — exclamou Jack. — Maior que Arrana. O que são todos esses negocinhos com tufos crescendo nos galhos?

— Viscos! — crocitou Camelin. — Graças a Deus Hesta e Winver não estão aqui, ou correríamos perigo. Sabia que as meninas podem beijar os meninos se eles ficarem parados debaixo de qualquer tufo de visco?

— Nada de sentar nos galhos — avisou Nora quando Camelin passou voando por ela. — Tenham paciência, pois chegaremos num minuto.

Jack e Camelin pousaram diante do grande carvalho, cujo tronco era quase tão largo quanto a casa de Gwillam e cujos galhos quase encostavam no chão. Jack ficou com dor no pescoço ao tentar enxergar o topo. Ao contrário de Arrana, a Mãe Carvalho ficava isolada. Um tapete de flores azuis e brancas a rodeava; entretanto, não havia nenhuma outra árvore à vista.

— Ela é mais linda do que eu me lembrava — sussurrou Nora.

Quando Elan e Gwillam chegaram, ouviu-se um farfalhar atrás da Mãe Carvalho, e duas dríades escondidas atrás do tronco espiaram. Enquanto se aproximavam, a brisa movia seus compridos cabelos prateados, e os vestidos diáfanos de seda brilhavam à luz do sol do entardecer.

— Fernella e Fernilla! — exclamou Elan. — Faz um tempão que não vejo vocês.

As dríades curvaram-se numa reverência.

— Temos esperado pacientemente por seu retorno. Sempre soubemos que um dia voltaria. Ouvimos dizer que o Caldeirão foi refeito — disse Fernella.

— Nossa Mãe Carvalho está pronta a confiar seus filhotes a você — acrescentou Fernilla.

O Portal de Glasruhen

Jack não imaginara que a Mãe Carvalho visse seus frutos como filhos. Isso significava que Arrana também era sua filha. Nora aproximou-se, e Gwillam ergueu o cajado. Bateu três vezes no solo antes de Nora se pronunciar.

— Sylvana, Mãe de todas as Hamadríades, Guardiã dos Carvalhos e Portadora do Visco Sagrado, temos um pedido a lhe fazer.

Ouviu-se um farfalhar, um agitar de galhos, e o tronco começou a ondular e girar até desaparecer e surgir uma linda senhora altíssima. O cabelo prateado descia em cascata até os calcanhares. Ela sorriu.

— Eleanor, *Seanchai*, Depositária dos Segredos e dos Rituais Antigos, Guardiã do Bosque Sagrado, você voltou. Afinal abriu o Portal de Glasruhen. Como vão minhas filhas?

— Não trago boas notícias, Sylvana. Procuramos, durante muitos anos, as placas do caldeirão em vão. Só conseguimos encontrar *o que foi perdido* quando Jack Brenin concordou em nos ajudar.

Jack fez uma grande reverência ao ter seu nome mencionado.

Camelin tossiu.

— Jack contou com a valiosa ajuda de Camelin, aprendiz de Gwillam, o Supremo Sacerdote Druida e agora Líder do Conselho Sagrado de Annwn.

Camelin pulou num pé só e, postando-se ao lado de Jack, também se curvou numa reverência.

— Quantas de minhas filhas restaram? — perguntou Sylvana a Nora.

— Apenas Arrana. E ela está definhando rapidamente.

Sylvana cerrou os olhos, prendeu a respiração e deixou escapar um suspiro profundo.

— Não esperava por essas notícias. Você deve pegar nozes suficientes para mais uma vez repovoar as florestas com Hamadríades. Meu coração se alegra ao saber que, graças à sua ajuda, minhas filhas voltarão a viver na Terra.

Nora se curvou antes de responder.

— Tão logo Arrana tenha transferido seu conhecimento para as nozes, todas as florestas voltarão a contar com a proteção de que necessitam. Tomara que nunca mais haja uma única árvore oca na Terra.

Sylvana os fitou um a um.

— Por acaso essa jovem que vejo em sua companhia é Elan?

Elan se aproximou.

— Este é um dia de grande alegria para Annwn. A rainha retornou, e a cidade voltará a ser o lugar tranquilo e feliz do passado. Todos virão nos visitar com frequência, não é?

O grupo concordou. Aquele também era um dos dias mais felizes da vida de Jack.

— Agora, Eleanor, dê um passo à frente e lhe entregarei minhas nozes. Cuide bem delas e seja amiga de todas.

Sylvana uniu as mãos em concha e soprou devagar as palmas; em seguida, abaixou-as na direção de Nora e exibiu frutos grandes. A despeito de serem do mesmo formato e tamanho da noz de Nora, a cor era verde-musgo e não dourada.

— Obrigada — agradeceu Nora, recolhendo-as uma a uma das mãos em concha de Sylvana e as guardando com cuidado na algibeira de couro que Elan mantinha aberta. — Foi uma longa jornada para todos nós; mas, agora, com certeza, teremos condições de restaurar o que foi perdido. As florestas voltarão a ganhar vida.

— Gwillam, promete voltar em breve? — perguntou Sylvana.

— Claro — respondeu. — Nora trouxe um *Livro de Sombras* para mim; assim, ela poderá me escrever, e eu lhe contarei todas as novidades da Terra.

— Vou esperar pela sua visita. Fernella e Fernilla me mantêm bem-informada quanto ao que se passa em Annwn, mas notícias sobre minhas filhas na Terra são sempre muito bem-vindas.

Sylvana parecia satisfeita pelo cumprimento de sua tarefa. Sorriu e, mais uma vez, começou a cintilar e a tremer. Em minutos, desapareceu por completo, dando lugar a um tronco nodoso. As duas dríades voltaram a curvar-se numa reverência e correram para trás do tronco do carvalho. Nora suspirou, e Gwillam bateu de leve em seu ombro.

— Melhor preparar tudo para a volta.

— Mas você disse que poderíamos dar uma volta e ver o festival — resmungou Camelin.

— Por acaso eu disse que não podiam? A jornada de volta ao lar só começa depois de terminado o festival. Que tal irmos ver as barraquinhas?

— Por favor — disseram Jack e Camelin em coro.

A ENCRUZILHADA DOS CAMINHOS

O barulho aumentava à medida que se aproximavam da área do festival. Jack temia que voltassem a gritar com eles. No entanto, tão logo os homens de pernas de pau apontaram para eles, a multidão aplaudiu.

— Agora sim, isso é que é acolhida! — exclamou Camelin.
— Aonde quer ir primeiro? — perguntou Jack.
— Ouvir o contador de histórias — responderam duas vozes atrás.
— Achei que estivessem tomando conta da jarra para Gwillam e Nora — comentou Camelin mal-humorado.
— Estávamos — disse Charkle —, mas eles disseram que a gente devia vir ao festival e se divertir também.
— Ao que me parece, já se divertiram um bocado — resmungou Camelin.
— Isso é verdade, isso é verdade — concordou Timmery.
— Bem, nós vamos por aqui e, se não me engano, o contador de histórias fica para lá.

O Portal de Glasruhen

Timmery e Charkle voaram com rapidez ao encontro de um grupo reunido em torno de uma pessoa alta e encapuzada, que segurava um cajado.

— Vamos, Jack, siga-me. Você precisa provar aquelas linguiças.

— Mas continuamos sem dinheiro.

— Que tal a *break dance?* Tente dançar também. Vamos pedir o cachê pelo show em linguiças.

— Tudo bem, podemos tentar.

Voaram sobre o local do churrasco e pousaram num galho perto da grelha.

— Sinta só o cheiro — disse Camelin, respirando fundo.

— É delicioso mesmo — concordou Jack.

— Hora do espetáculo. Pronto?

— Pronto.

Camelin foi à frente, e Jack o seguiu. Dançaram no galho, movendo-se de um lado para o outro e inclinando-se para cima e para baixo. As pessoas começaram a se juntar, só que, dessa vez, aplaudiram em vez de gritarem. Camelin rodopiou com um pé só e, em seguida, balançou a cabeça, ouvindo uma batida invisível enquanto arrastava os pés lateralmente.

— Desçam — disse o homem encarregado da preparação do churrasco. — Imagino que queiram mais linguiças.

— Queremos, sim — respondeu Jack —, mas continuamos sem dinheiro.

— Linguiças grátis para os dois. Pelo que ouvi, merecem muito mais. Isso é o mínimo que posso oferecer, agora que sei quem são.

A multidão voltou a aclamá-los. Outros donos de barracas os convidaram a provar a comida ao terminarem o churrasco. Camelin parecia não caber em si de contentamento.

— Então, são ou não são as linguiças mais deliciosas que já provou?

— São, mas vou guardar um espaço para experimentar as outras comidas. Você não disse que as tortas também são deliciosas?

Jack ficou aliviado ao partirem ao encontro de Timmery e Charkle, que se encontravam num galho perto do contador de histórias.

— Vocês perderam "O Gigante de Glasruhen" — gorjeou Timmery. — Mesmo sendo diferente da que Nora conta, era interessante.

— Adorei "O Dragão dos Morros Uivantes" — acrescentou Charkle.

— Vocês chegaram bem na hora; o contador de histórias vai começar a contar outra.

Resmungando, Jack tentou encontrar uma posição confortável para curtir a próxima história.

— Minha barriga parece que vai explodir.

— A minha também. Não é o máximo?

Apesar de não ter certeza de gostar da sensação de empanturramento, não podia negar que acabara de comer das comidas mais deliciosas do mundo.

O contador de histórias bateu o cajado três vezes, e a multidão mergulhou no silêncio.

— Minha história começa há muito, muito tempo, numa terra distante, além dos quatro portais de nosso mundo...

Jack teve medo de pegar no sono. A voz do contador de histórias era tão suave e baixinha... Mas a história era muito boa e se chamava "O Rato e a Tina Melada". Ouviu com atenção para poder contá-la a Motley, Orin e ao pessoal da Guarda Noturna quando voltasse para casa. Ao fim da história, a multidão animada aplaudiu.

— Agora podemos ver os malabaristas? — perguntou Jack. — Eu adoro; gostaria de ser capaz de fazer malabarismos como eles.

— Nenhuma chance sendo corvo — retrucou Camelin —, mas não vejo motivo para não aprender quando voltarmos.

— Quem sabe?

— Os malabaristas ficam desse lado — assoviou Timmery. — Sigam-me.

O Portal de Glasruhen

Camelin suspirou.

— Já reparou como ele gosta de estar no comando?

Seguiram Timmery até outro grupo, onde homens em cima de pernas de pau jogavam bastões uns para os outros. Jack contou cinco bastões no ar ao mesmo tempo.

— Dali vamos ter uma vista e tanto! — chamou Camelin, pousando num galho próximo.

Todos o seguiram.

— Agora vamos olhar as barracas — anunciou Camelin, uma vez terminado o malabarismo. — Só eu e Jack. Mais tarde nos reencontramos no festival.

Timmery demonstrou desapontamento, mas Charkle pareceu não dar bola.

— Eles não podiam ter vindo com a gente? — perguntou Jack, voando em direção ao círculo de carvalhos.

— Não; quero mostrar uma coisa a você e preciso de sua ajuda para escolher qual pegar.

— Escolher o quê?

Camelin não respondeu; já se adiantara e estava longe. Jack o seguiu e desceu rapidamente quando Camelin pousou na única árvore sob a qual não havia uma mesa.

— O que houve? — perguntou Jack.

— Nada, estamos esperando.

— Esperando o quê?

— Gavin.

Jack já ia perguntar o porquê quando Gavin apareceu.

— Estão prontos?

— Prontos — respondeu Camelin.

— Prontos para quê? — perguntou Jack.

— Bolei um plano, e Gavin concordou em colaborar. Ande logo, eles estão ali.

Camelin alçou voo e pousou num dos estandes perto de um laguinho. Jack e Gavin o seguiram. Camelin examinou a água.

— O que está procurando? — indagou Jack.

Antes de Camelin responder, o dono da barraca surgiu de supetão e se dirigiu a Gavin.

— Senhor, qual tipo de rã oracular procura? Temos rãs que informam previsão de chuva ou de neve, garoas ou tempestades. Basta dizer, e encontrarei a mais apropriada.

— Prefiro eu mesmo escolher, se não se importa — disse Gavin. — Vou dar uma olhada antes de me decidir.

O dono da barraca soou um pequeno gongo pendurado sobre o lago. Várias cabeças verdes apareceram em meio a um coaxar alto.

— Ânimo, garotada! Qual de vocês será o sortudo que vai ganhar uma casa nova hoje?

O coaxar aumentou enquanto as rãs saltavam sobre três grandes ninfeias. Quando o dono da barraca se afastou, Camelin chegou perto da beira do lago.

— Jack, e aí?

— E aí o quê?

— Qual devo escolher? Não sei qual é a melhor rã.

Gavin soltou uma gargalhada.

— Tem certeza de que vai funcionar?

— Claro que vai. Gwillam disse que não precisava mais do dinheiro; você prometeu comprar qualquer coisa que eu quisesse no festival. Então pronto: você compra a rã oracular com o dinar e depois me dá um presente para levar para casa. O que tem de errado nisso? Só não sei qual escolher.

O Portal de Glasruhen

— Por que não faz um teste? Faça uma pergunta — sugeriu Jack.

Gavin olhou as rãs, e todas o olharam de volta, esperançosas.

— Quando vai nevar em Annwn? — perguntou.

— Nunca — disseram todas em coro, à exceção de uma.

— Vou querer essa — disse Camelin e apontou para a única que não havia respondido.

— Para que vai querer essa? — perguntou Gavin. — Ela não serve para nada se não consegue prever o tempo.

— Sei o que faço; é essa que eu quero.

Gavin foi ao encontro do comerciante e mostrou a rã.

— Por favor, levarei essa.

— O senhor é quem sabe — disse o homem, rindo enquanto pegava a rã com uma rede e a guardava numa jarra. Amarrou um fio em torno da boca da jarra e a entregou a Gavin em troca do dinar.

Camelin parecia satisfeito.

— Não se esqueça de trazê-la para o festival mais tarde, está bem? Nora não vai poder me impedir de ter uma rã oracular se você me der de presente.

— Não se preocupe; não vou me esquecer — respondeu Gavin rindo ao se despedir.

Camelin deu um rodopio.

— Eu tenho uma rã oracular — cantarolou e dançou.

Jack não compreendeu.

— Mas foi a única que não falou. E se nunca falar? E se não for rã oracular coisíssima nenhuma?

— Não preciso de uma que faça previsão do tempo.

— E precisa de uma para quê?

— Para calcular quantos doces tenho dentro da minha lixeira. Esse é o tipo de coisa importante que qualquer um gostaria de saber.

Jack caiu na gargalhada. Mal podia esperar para entrar no sótão de Camelin e ver a lixeira. Torcia para que a rã atendesse às expectativas do amigo.

O festival estava lotado. Jack alegrou-se por ser capaz de voar e não ter de andar disputando espaço no meio da multidão. Pararam para olhar as pessoas que tentavam atirar ferraduras numa estaca presa ao chão. Mais adiante, havia uma pista de boliche com pinos de madeira. Alguns homens disputavam quedas de braço.

— É preciso ter mãos para essas brincadeiras. Não há nenhuma para quem tem asas? — resmungou Camelin.

— Jack, Camelin, aqui — gorjearam Timmery e Charkle.

Os dois pequeninos beija-flores apontaram o caminho, voando à toda sobre a multidão até alcançarem uma construção alta. Parecia um cone gigantesco virado de cabeça para baixo.

— É um escorrega! — exclamou Jack. — Puxa, é divertido para caramba.

Timmery esvoaçou em torno da cabeça de Camelin.

— Posso sentar na sua cabeça quando você descer?

— Não, não pode — respondeu Camelin mal-humorado.

— Está bem, pode sentar na minha.

— Obrigado, muito obrigado — disse Timmery. — Preparar para a descida.

Demonstrando impaciência, Camelin voou até o topo do escorrega. Jack decidiu deixá-lo por sua própria conta.

— Segure firme — grasnou Jack.

— Uuuuuuu! — berraram Charkle e Timmery ao descerem em círculos pelo escorrega.

— Foi bom demais — disse Jack. — Que tal descermos de novo?

Tinham concluído a segunda descida quando Hesta e Winver chegaram. Voaram ao redor do escorrega e seguiram Jack enquanto ele descia.

O Portal de Glasruhen

— Andamos procurando vocês por toda a parte — disse Hesta antes de dar risadinhas em tom alto.

Jack ouviu Camelin bufar.

— Estamos ocupados — disse ele. — Ocupados demais para conversas.

— Não viemos conversar.

Jack engoliu em seco e olhou rápido ao redor para verificar se havia algum visco por perto.

— A rainha pediu para a gente procurar vocês dois — continuou Winver. — Precisam voltar para a casa de Gwillam. Já está quase na hora da cerimônia do festival, e vocês são os convidados de honra.

Hesta riu.

— Vão montar dois poleiros para nós no anfiteatro, bem ao lado do trono da rainha.

Jack e Camelin não deram um pio.

— Puxa, isso não é maravilhoso? — perguntou Timmery.

— Não são para vocês — retrucou Camelin.

— Vamos todos sentar perto da rainha. Timmery e Charkle também.

Camelin bufou e, sem dirigir a palavra a mais ninguém, seguiu rumo à casa de Gwillam. Jack, Timmery e Charkle abriram um sorriso sem graça para Hesta e Winver e levantaram voo atrás dele.

Gwillam os esperava à porta.

— Fico contente por terem vindo direto, pois são...

— Os convidados de honra — concluiu Camelin.

— Como sabem disso?

— Hesta e Winver nos contaram.

— Deixa para lá; precisamos pôr tudo em ordem. Vocês vão direto atravessar o Portal de Glasruhen assim que o festival terminar.

O coração de Jack parou de bater. Vinha se divertindo tanto que quase se esquecera do motivo da vinda de Elan e Nora a Annwn. Voltariam para casa naquela noite.

— A rainha está à nossa espera. Estão prontos? — perguntou Nora.

Todos confirmaram inclinando as cabeças. Gwillam e Gavin pegaram o caldeirão onde Jack viu a sua varinha e a de Camelin junto com a algibeira de couro recheada de nozes. Nora saiu da casa e voltou apressada, trazendo o jarro, onde a vespa raivosa continuava a zunir sem cessar.

— Quase nos esquecemos disso aqui!

Jack olhou o jarro. Teve a desconfortável sensação de que a vespa o encarava.

— O que vai acontecer com Velindur? Vai ser vespa para sempre?

— Não — respondeu Gwillam. — Uma vez livre, cessa o encanto que o transformou. Porém, nunca mais conseguirá entrar em Annwn. Se o fizer, voltará a ser uma vespa e assim permanecerá para todo o sempre.

A vespa, ainda mais raivosa, zuniu dentro do jarro. Nora o guardou no caldeirão com o restante dos objetos que levariam de volta para casa.

— Os três outros portais vão ser abertos agora que a rainha retornou? — perguntou Camelin.

— Tal decisão cabe ao Conselho Sagrado, mas sei que a rainha gostaria de reabri-los — respondeu Nora.

Jack não conseguia se acostumar com o fato de Elan ser a rainha. Era tão estranho não ter a companhia dela.

— Vamos — avisou Nora. — Precisamos nos apressar ou chegaremos atrasados, e vocês dois são...

— Os convidados de honra — completou Camelin. — Já sabemos, já nos contaram.

O Portal de Glasruhen

Atravessaram a aldeia e passaram pela clareira onde ficava o Monólito. Ao entrarem no anfiteatro, a multidão entusiasmada se levantou e aplaudiu. A rainha, sentada num lindo trono coberto de runas prateadas, também bateu palmas quando eles caminharam em sua direção. Camelin e Charkle foram convidados a se instalar num poleiro à esquerda da rainha, e Jack e Timmery, a ocupar o da direita. Hesta pousou perto de Jack. Ele procurou Camelin. Winver já se instalara perto do amigo. A rainha ergueu a mão, e a multidão silenciou.

— Que tenham início as festividades! — anunciou.

Os melhores malabaristas, contadores de histórias e cantores entretiveram a multidão até o sol começar a se pôr. Quando o céu escureceu, Nora entregou uma vela a Coragwenelan e aos componentes de seu grupo. Todos na multidão também pegaram suas velas.

— Por favor, me dá licença? — pediu Charkle e, com um sopro, acendeu a vela da rainha. Nora acendeu a sua na da rainha, e a chama foi passada de pessoa a pessoa até o anfiteatro inteiro iluminar-se com uma luz tremeluzente.

— Tragam os Tesouros — ordenou Gwillam, batendo três vezes o cajado no chão.

Três criaturas encapuzadas avançaram para o centro do anfiteatro, carregando os Tesouros de Annwn. Nora cobriu a cabeça com o capuz, pegou o caldeirão e uniu-se aos demais no centro da arena, voltando-se na direção do Portal Oeste. Pela primeira vez, Jack via a Espada do Poder. Era enorme. A figura encapuzada a ergueu sobre a cabeça e se voltou na direção do Portal Sul. Ao seu lado, outra figura alta empunhou a Lança da Justiça e se virou para o Portal Norte. Jack ficou encantado ao ver a Pedra do Destino. Não fazia ideia de que pudesse ser tão linda. A Pedra também foi erguida, e a luz das velas tremeluziu em sua superfície verde e azul quando a apontaram na direção do Portal Leste. A rainha ergueu-se do trono e se dirigiu à multidão:

— É chegada a hora da partida de nossos visitantes. Annwn será para sempre grata por sua ajuda. Sem eles, eu jamais voltaria a subir ao trono.

Exclamações se elevaram e ecoaram nas encostas.

— Timmery e Charkle, por sua bravura e destemor diante do perigo, lhes concedemos o direito de entrar em Annwn por qualquer portal. Uma vez em Annwn, voltarão a assumir a forma de beija-flores. A liberdade da terra para além dos quatro portais pertence a vocês por toda a eternidade.

Timmery e Charkle adejaram ao redor da cabeça da rainha e percorreram a arena do anfiteatro sob aplausos e aclamações da multidão. Ao retornarem ao poleiro, a multidão silenciou e, ansiosa, aguardou a continuação do discurso da rainha.

— Onde está Lloyd, o Ourives?

— Estou aqui, Sua Majestade — respondeu uma voz na multidão.

Um homem alto, carregando uma vela numa das mãos e uma bolsinha de couro na outra, aproximou-se da plataforma e curvou-se em profunda reverência diante da rainha.

— Jack, temos um presente para você, confeccionado pelo Mestre Ourives de Annwn.

Lloyd postou-se perto da rainha, abriu a bolsa e depositou em sua mão uma noz de ouro. Jack ficou pasmo. Era linda. Do mesmo formato que a de Nora, apenas menor, pendia de uma corrente. A rainha aproximou-se. Jack curvou a cabeça.

— Para você, O Eleito, que salvou todos nós, uma noz de ouro especial. Todo o poder de Annwn está contido nesse fruto. Você se provou merecedor, um verdadeiro Brenin. Annwn sente-se honrada por, mais uma vez, contar com a presença de um Brenin.

Ao colocar a corrente no pescoço de Jack, a multidão se levantou e entoou:

— Brenin, Brenin.

A rainha se virou para encarar a multidão, e o cântico cessou.

— Temos mais um convidado de honra — anunciou. Dirigiu-se a Camelin. — Existe algo que eu possa lhe dar de presente?

Camelin curvou a cabeça e piscou para Jack.

O Portal de Glasruhen

— Será que eu podia ganhar uma rã oracular? Sempre desejei uma.

— Claro que sim. Pediremos a alguém que localize uma antes de sua partida.

Gwillam aproximou-se da rainha.

— Sua Majestade, Gavin, meu antigo aprendiz, diz ter uma rã oracular e ficaria honrado em dá-la de presente a Camelin.

— Oh, obrigado. Muito obrigado mesmo! — disse Camelin.

Gavin ergueu o cântaro para a rainha vê-lo. Dentro estava a pequenina rã verde. Jack se perguntou se Camelin não exagerava nos *obrigados*, mas ninguém pareceu suspeitar que o presente tivesse sido planejado. Gavin foi até o centro da arena e entregou a rã a Nora. Com cuidado, ela a adicionou aos outros objetos no Caldeirão.

— Hora da Encruzilhada dos Caminhos — proclamou a rainha.

Gwillam bateu o cajado três vezes e, quando todos os olhares se concentraram nele, anunciou em voz alta:

— Que tenha início a procissão.

As pessoas se levantaram e ocuparam as encostas. Os portadores dos Tesouros se destacaram e caminharam rumo aos quatro cantos de Annwn. O povo do norte seguiu a Lança; o do leste, a Pedra do Destino e os aldeões do sul acompanharam a Espada.

Jack e Camelin voaram e pousaram nos ombros de Gwillam. Timmery e Charkle se aboletaram no de Gavin e rumaram em direção ao Portal de Glasruhen.

Jack olhou ao redor para ver quem mais os seguia. Apenas a rainha, tendo Hesta e Winver encarapitadas nos ombros.

Seguiram uma trilha ao longo do pântano, ladeada por pedras perpendiculares. Logo adiante, Nora se deteve e repousou o caldeirão no chão.

— A partir daqui, deixe que eu e Gavin carreguemos o caldeirão para você — pronunciou Gwillam.

— Acho que os demais podem ir voando — falou Nora.

A rainha também parou.

— Longe dos olhos do povo de Annwn, podemos voltar a ser nós mesmas. Hesta e Winver, mostrem o caminho a Jack e a Camelin. Nós nos reencontraremos no portal.

A rainha ergueu as mãos no ar e começou a girar. Pouco depois, Cora, Gwen e Elan apareceram.

— Sigam-nos — grasnou Hesta.

Jack e Camelin voaram atrás das duas corvas brancas. Sobrevoaram um monte alto e seguiram na direção do Portal de Glasruhen. Jack olhou para trás, na direção da Cidadela, antes de perdê-la de vista. Não conseguia enxergar direito. Vislumbrava apenas milhões de estrelas brilhantes no céu e as velas acesas dos que seguiam as procissões, que serpenteavam à medida que as pessoas seguiam para casa. Suspirou. Ao mesmo tempo que desejava ficar, ansiava por ir ao encontro de Arrana. Mal podia esperar para ver sua expressão quando lhes mostrassem as nozes.

O Brenin mais uma vez será coroado.
Na floresta ocupará o seu reinado.

PARTIDAS

Jack se lembrou da última vez que haviam tentado atravessar o portal voando. Parecia terem chegado há dias, mas sabia que só se encontravam ausentes da Terra há poucos minutos. Sentou-se com os outros no ramo mais baixo de um dos Carvalhos Sentinelas e observou a procissão e as velas acesas se aproximarem. Ouvia-se a música das outras procissões a distância.

— Faz muito tempo desde que ouvimos pela última vez a canção *Encruzilhada dos Caminhos* — comentou Hesta.

— Vocês prometem não demorar a voltar? — acrescentou Winver.

— Prometemos — piaram Timmery e Charkle. — Em breve vamos estar de volta.

Jack e Camelin apenas fizeram que sim com a cabeça. Ninguém falou até Nora e Elan terem quase alcançado as árvores.

— Hora de ir embora — disse Camelin às duas corvas brancas. — Não temos tempo para conversa.

Gwillam e Gavin repousaram o caldeirão perto do portal. Gwillam se virou para Nora.

— Promete escrever sempre e me contar todas as novidades da Terra?

— Prometo. Em breve será o dia de Samhain, e todos nós regressaremos.

— Da próxima vez que atravessarem o Portal de Glasruhen, haverá uma recepção à altura — disse Elan.

Jack a fitou.

— Você não vai voltar conosco?

— Não, Jack. Necessitam de mim aqui; mas podemos nos escrever, e você vai me contar tudo o que estou perdendo.

— Mas...

— Não tenho escolha. Cora e Gwen precisam de mim para pôr Annwn em ordem. Quando tudo estiver resolvido, retornarei.

— Por quanto tempo acha que vai ficar longe?

— Na verdade, não sei, mas prometo voltar. Agora que o portal foi aberto, vou visitar vocês sempre que for possível.

Jack foi tomado por uma profunda tristeza. Sentiria saudade de Elan, mas compreendia o motivo de ela querer ficar e pôr as coisas em ordem. Lembrou-se do presente que ela lhe dera.

— Obrigado pela linda noz de ouro.

— Você demonstrou ser merecedor de usá-la. Um dia, as pessoas vão ver você como é de verdade. Quando regressar, na época de Samhain, assumirá seu lugar como rei.

— Eu? Rei do Festival?

— Não, não será um rei qualquer, mas o *rei Visitante*. Você já deve compreender, a essa altura, que é *O Brenin* do qual a profecia fala.

Jack ficou confuso. Por que todos o chamavam de *O Brenin*?

— Não entendo.

— Pensei que soubesse — disse Nora. — Brenin significa rei. Você é *O Eleito*, o *rei da Floresta*.

— Por esse motivo, é capaz de dominar o poder de Annwn por meio de sua varinha. Será capaz de fazer o mesmo por meio da noz. Arrana

O Portal de Glasruhen

lhe transmitiu o seu conhecimento, todo o seu poder. Tudo de que precisa agora é aprender a usá-los — explicou Elan.

— Seria impossível abrir o Portal de Glasruhen sem a sua ajuda. Ambas estávamos muito fracas, mas você detém o poder de Annwn. Uma vez coroado, poderá ocupar a posição que lhe é de direito — acrescentou Nora.

Jack respirou fundo. As palavras de Elan e de Nora o atordoaram. Tinha tantas perguntas, mas nem sabia por onde começar.

— Hora da partida — anunciou Nora. — Vocês quatro terão de voar para atravessar o portal.

Timmery e Charkle adejaram em torno da cabeça dela.

— Acho melhor transformar vocês dois primeiro.

Ao agitar a varinha, os dois beija-flores giraram até os morceguinhos reaparecerem.

— Adorei ser passarinho — piou Timmery. — Foi uma experiência incrível enxergar à luz do dia.

Gwillam abraçou a irmã e bateu de leve nas costas de Jack e de Camelin. Gavin curvou-se numa reverência dirigida a todos. Elan também abraçou Nora. Em seguida, aproximou-se do galho e acariciou as penas de Jack e de Camelin.

— Vou sentir saudades dos dois.

Jack não conseguia falar, estava travando uma batalha contra as lágrimas.

— Estamos prontos? — perguntou Nora, apanhando o caldeirão.

— Prontos — responderam todos.

— Tchau! — despediu-se Elan.

Jack respondeu enquanto cruzavam o portal. O brilho verde desapareceu ao penetrarem na floresta escura. Deu uma olhada rápida ao redor. Nada mudara. Suas roupas permaneciam exatamente onde as deixara. Nora atravessou o limite do portal. Depois de ter pisado o último ramo, repousou o caldeirão no chão. Pela última vez, todos admiraram a luz verde emanando do outro lado do Portal de Glasruhen.

— Hora de esconder o portal — anunciou Nora, segurando a varinha e a apontando para o chão diante da arcada formada pelos ramos.

As portas se moveram com vagar e se fecharam sem ruído. Então os Carvalhos Sentinelas desapareceram.

— Vamos ao encontro de Arrana?

Todos concordaram.

Nora se deteve à beira da Floresta de Glasruhen.

— Ouçam. Alguém consegue ouvir a música?

Jack jamais ouvira música mais triste. Não tinha letra, apenas o burburinho de uma multidão de vozes chorando na noite. Nora pareceu preocupada.

— É Arrana. Devemos nos apressar. Voem à frente, temos de acordá-la. Ela precisa tocar as nozes e transferir seu conhecimento ou tudo que conseguimos terá sido em vão.

Jack e Camelin alçaram voo em disparada pela floresta. As asas esbarravam nos galhos, na tentativa de chegar o mais rápido possível ao local onde Arrana se encontrava. Não viram nenhuma dríade; mas, quanto mais se aproximavam do centro, mais a canção aumentava de volume.

Pousaram diante de Arrana, que estava cercada por toda espécie de dríades já vistas por Jack. Nenhuma delas dirigiu a palavra a ele ou a Camelin; não desgrudavam os olhos da Hamadríade enquanto continuavam a entoar a triste canção.

— Arrana — chamou Jack. — Arrana, a Sábia, Protetora e Mais Sagrada de Todas, viemos falar com a senhora.

— Assim não adianta. Precisa esperar até Nora chegar e usar a varinha para acordar Arrana — disse Camelin.

Jack tinha consciência de que precisava tomar uma atitude. Se as dríades não haviam sido capazes de acordá-la, o problema devia ser

O Portal de Glasruhen

sério. Arrana podia até já estar morta. Ele pulou no tronco, aproximou o ouvido e tentou escutar alguma coisa. Se fosse um menino, teria abraçado o tronco para demonstrar a Arrana que eles haviam voltado. Não queria que ela se sentisse solitária. Ao se aconchegar, a noz esbarrou na casca da árvore. Uma luz dourada cintilou. A cantoria cessou; a floresta parecia ter prendido a respiração. Jack ouviu a voz de Arrana em sua cabeça. Lembrou-se de ela já ter lhe avisado que, se ele falasse com o coração, ela poderia ouvi-lo. Fechando os olhos, imaginou-se diante dela. Tentou alcançá-la sem pronunciar uma palavra.

— Arrana, trouxemos as nozes de Sylvana; a floresta poderá ser salva se você puder acordar e tocá-las.

Jack sentiu um leve tremor dentro do tronco. Voltou para perto de Camelin. Um rápido movimento se seguiu. O tronco vibrou com rapidez de um lado para o outro; ao parar, no lugar da árvore, surgiu o contorno indistinto de Arrana. Era difícil enxergá-la na escuridão. Jack ouviu as dríades cochichando e, em seguida, a canção de lamento recomeçou.

— Arrana, temos as nozes, espere só mais um pouquinho. Nora está a caminho — disse Jack mentalmente.

Ele ouviu a voz de Arrana ressoar em sua cabeça.

— Você fez muito bem, Jack Brenin, amigo de todas nós e legítimo rei da Floresta, mas estou cada vez mais fraca. Fraca demais para passar meu conhecimento a todas as nozes. Só me resta um resquício de vida. Aproxime-se, aproxime-se.

Jack obedeceu. Ouviu o soluço de Camelin quando ela se inclinou. Seu contorno praticamente desaparecera. Arrana apontou o dedo para o peito de Jack. Uma luz verde fraquinha tremeluziu, até atingir a noz do cordão pendurado no pescoço do menino. Seguiu-se, então, uma explosão de luz, que iluminou todo o bosque. A cantoria cessou.

— Passo a você a minha tarefa. Por possuir o conhecimento de Annwn, eu agora lhe concedo o meu último presente, o espírito das Hamadríades. Use-o com sabedoria, Jack Brenin, pois sem você a floresta não sobreviverá.

Jack sentiu-se invadido pelo calor. A respiração lhe escapava. A noz pesava em seu pescoço. A claridade aumentou, cegando-o. Apesar de não conseguir enxergá-la, sentia a presença e a alegria de Arrana, até que, de súbito, todas as sensações desapareceram e reinou o vazio. A luz sumiu, e a floresta silenciou. Ao recuperar a visão, constatou que Arrana se fora. Tocou a casca do tronco do carvalho e descobriu que a árvore estava vazia. Onde antes morava Arrana, naquele momento nada existia senão uma árvore oca.

— Não! — berrou Jack. — Não!

As dríades choramingaram. Nora apareceu correndo.

— O que houve?

Jack soluçava, sem conseguir falar.

Camelin fitou Nora.

— Arrana se foi; murchou. Chegamos tarde demais.

Jack chorou em silêncio diante do carvalho oco. Nora colocou as mãos no tronco e também chorou. Camelin deixou a cabeça pender e abraçou Jack com a asa. Na floresta, reinava apenas o pranto.

Jack não fazia ideia de quanto tempo passaram diante da árvore. Por fim, ele se tornou ciente da quietude. Nada se mexia até uma das dríades dar um passo à frente e fazer uma reverência.

— Nem tudo está perdido — disse ela a Nora. — Arrana passou o que restava de seu poder a Jack. Ele pode nos salvar, se assim o decidir.

— Verdade? — indagou Nora.

— Não sei o que aconteceu — disse Jack com voz trêmula. — Arrana apontou para a noz, uma luz explodiu e depois ela se foi.

Nora se virou para encarar as dríades e disse:

— Vejam. *O Brenin* retornou, ele vai curar as Hamadríades para que recuperem sua antiga glória. Vocês não irão murchar. Graças ao presente de Arrana, ele poderá encher as nozes com a vida de Annwn. As florestas voltarão a florescer.

Jack não compreendeu. Sabia que Nora falava dele, mas não sabia como cumprir tudo o que ela prometia. Como poderia dar vida às nozes?

O Portal de Glasruhen

Nora sorriu para ele.

— Não se preocupe. Não chegamos tarde demais, você conseguiu acordá-la a tempo. Apenas o verdadeiro rei da Floresta poderia tê-la acordado sem ajuda da magia. Arrana lhe concedeu o poder, encarregando-o de transmitir toda a sua sabedoria.

— Mas não sei como.

— Amanhã tudo ficará esclarecido, mas agora precisamos que volte para casa. Não queremos deixar o seu avô preocupado.

Jack respirou fundo. As dríades voltaram a cantar, mas, dessa vez, uma canção diferente. Embora a tristeza persistisse, também era possível ouvir palavras de alegria sobre as florestas e sobre como as Hamadríades mais uma vez protegeriam as árvores e todos os que vivessem dentro delas. Nora retirou seu *Livro de Sombras* do caldeirão e nele encostou a varinha. Começou a ler a página onde o livro se abrira:

Quando tudo for de novo igual,
a alegria voltará a reinar tal e qual.
O Brenin mais uma vez será coroado.
Na floresta ocupará o seu reinado.

— É de você que estão falando — comentou Camelin.

— Quando as herdeiras de Arrana estiverem preparadas para substituí-la e derem continuidade ao seu trabalho, então você será coroado rei da Floresta — explicou Nora. — Essa é a última parte da profecia.

— Mas sou apenas um menino — murmurou Jack.

— Um menino-corvo — corrigiu Camelin. — E um Brenin. Não, você não é apenas um Brenin, mas *O Brenin*. Nem por isso fique pensando que vou me curvar em reverência, não até que esteja usando a coroa da floresta de árvores frondosas. Sem essa também de ficar se achando com ares de grande senhor.

— Vamos — disse Nora. — Trouxe suas roupas do portal; precisamos levá-lo para casa. Amanhã conversaremos a esse respeito.

Jack ouvia Nora conversando com seu avô no andar térreo. Ao chegar, dera boa-noite e fora direto para o quarto. Queria chorar, mas não conseguia. Sabia que não deveria; precisava se alegrar por ter acordado Arrana a tempo. Sentia-se exausto, mas não tinha sono. Um monte de perguntas lhe cruzava a mente. Por sorte, Orin já adormecia. Despiu-se e vestiu o pijama. Sabia que não conseguiria dormir. Apanhou a varinha e o *Livro de Sombras*, e escreveu para Elan. Já era tarde quando respondeu a todas as perguntas que ela enviara. Finalmente, começou a sentir as pálpebras se cerrarem. Fechou o livro e foi dormir.

Jack quase se atrasou mais uma vez para a escola. Prometeu a Orin contar tudo mais tarde. Ainda havia coisas incompreensíveis. Passou o dia inteiro perdido em pensamentos. Não prestou atenção a nenhuma das aulas. Ansiava pela hora da saída, quando poderia retornar à Casa Ewell. Nora prometera explicar tudo quando ele chegasse. Como desejava que Elan também estivesse lá... As aulas pareciam não ter fim.

Uma vez fora da escola, correu para o portão principal. Camelin o esperava numa árvore próxima.

— Pronto?

— Pronto — respondeu Jack.

Correu o mais rápido possível pela alameda atrás de Camelin e chegou ofegante à Casa Ewell. Nora abriu o portão dos fundos do jardim e, ao passarem pelas estátuas, ela se deteve.

— É daqui que devemos começar.

— Começar o quê?

O Portal ae Glasruhen

— O renascimento das hamadríades dos carvalhos. Consegui resgatar algumas das irmãs de Arrana. Elas não mergulharam no vazio como Arrana; eu trouxe os seus espíritos para o jardim e os guardei dentro de estátuas. Tinha esperanças de que um dia voltaríamos a ter algumas nozes da Mãe Carvalho. Quando os espíritos retornarem às nozes, vão recuperar sua antiga identidade. O repovoamento das florestas terá início tão logo você transmita a cada Hamadríade o conhecimento de Arrana. Ela lhe concedeu esse dom, e agora preciso ensinar como usá-lo.

Jack respirou fundo. Era muita informação para absorver de uma só vez.

— Quer dizer que as estátuas não são de pedra?

— Acho que já conversamos sobre esse assunto da primeira vez que nos encontramos. Na ocasião, também comentei que as estátuas não eram pessoas. O que não contei era que cada uma delas continha o espírito de uma árvore.

Jack adiantou-se e contemplou as estátuas, cujos rostos se pareciam muito com os de Arrana.

— O que devo fazer?

— Precisamos das nozes. Estão no herbário. Vamos buscá-las.

Camelin saiu voando na frente enquanto Jack e Nora, com calma, atravessavam o jardim.

— Está tudo bem, Jack?

— Estou muito triste.

— Os últimos dias foram estressantes para todos nós, mas tudo voltará ao normal. Lembra-se das palavras da última parte da profecia que li para você a noite passada?

Jack não precisou de muito esforço para se lembrar; afinal, mal pensara em outra coisa o dia inteiro:

Quando tudo for de novo igual,
a alegria voltará a reinar tal e qual.

— Lembro-me das palavras, mas não consigo compreender o seu significado.

— Significam que, quando tudo tiver voltado ao normal, tanto em Annwn quanto na Terra, todos voltarão a ser felizes. As palavras fazem menção aos dois mundos. Elan cuidará dos problemas em Annwn, e cabe a você resolver os da Terra.

Jack respirou fundo.

— Eu sou capaz de fazer isso?

— Claro que sim. Afinal, você é o rei da Floresta.

Jack riu.

— Ainda acho difícil de acreditar. Meu avô e meu pai também são da família Brenin. Por que não foram escolhidos para assumir o trono?

— Por causa do local e da hora de seu nascimento. Lembra-se da profecia? Você nasceu no lugar certo, na hora certa. Eu sabia, desde o início, que você era *O Eleito*. Sabia que nos salvaria.

— Se Brenin quer dizer rei, isso significa que meus ancestrais também foram reis da Floresta?

— Isso mesmo, mas só existiu um único rei. Foi há muito, muito tempo, quando a Terra era um lugar melhor.

— Como era ele?

— Quando ele tinha a sua idade, era muito parecido com você, mas não estava preparado para assumir o reino até concluir o treinamento. Você é especial, Jack, você já traz o poder dentro de si.

— Especial?

— Muito.

— O que aconteceu com ele?

— Ele levou a Espada do Poder para Annwn com o objetivo de protegê-la quando os romanos chegaram, no entanto, nunca voltou. Preferiu passar o restante de seus dias usufruindo da paz em Annwn. Seu último lugar de repouso é na colina pela qual passamos na volta, antes de atravessarmos o Portal de Glasruhen.

— Então ele era mortal?

— Era. E, se ainda tiver outras curiosidades sobre ele, pergunte ao seu *Livro de Sombras*. Agora vamos buscar as nozes. Temos muito trabalho pela frente antes do jantar.

Camelin apareceu na porta do herbário.

— Jantar?

— Ainda não; portanto, nada de criar expectativas. Só vai poder comer depois que Jack colocar as Hamadríades de volta em cada uma das nozes.

Camelin ficou emburrado.

— Promete se apressar? Estou morto de fome!

CARVALHOS PODEROSOS

A primeira coisa que Jack ouviu ao entrar no herbário foi um zumbido irado. Olhou para o jarro.
— O que pretende fazer com Velindur?
— Uma coisa de cada vez — disse Nora. — Camelin ficou de olho nele o dia inteiro enquanto eu andei preparando tudo para você. Velindur vai ter de esperar; não lhe fará mal algum continuar aí dentro até amanhã. Vou dirigir para bem longe de Glasruhen antes de soltá-lo.
— Quando o encanto perderá o efeito?
— Colocamos um bem demorado nele. Sem dúvida, vai demorar dias até reassumir a forma humana.
— Tomara que ele nunca volte a ser humano — comentou Camelin.
— Não foi nada legal. Seria bem-feito se o deixasse transformado em vespa pelo resto da vida. Era o que se costumava fazer com os invasores, sabe, né? Gwillam me contou.
— Outro dia você conta essa história a Jack. No momento, temos assuntos mais importantes a tratar. Esperem aqui. Vou buscar a minha varinha e o *Livro de Sombras*.

O Portal de Glasruhen

Quando Nora se foi, Jack espiou dentro do caldeirão.

— Cadê a rã?

— Deve estar no jardim. Nora não deixou que ficasse comigo no sótão porque precisa de ar fresco e de um lugar agradável para morar. Acho que deve estar procurando uma casa. Quando terminar sua tarefa, você me ajuda a procurar? Ainda não tive chance de *fazer a pergunta importante.*

— Qual pergunta importante? — indagou Nora, entrando no herbário.

Camelin pigarreou e saltitou de um pé para o outro.

— Hum... Eu ia perguntar a Jack que tipo de coroa prefere. Entende, nenhum de nós é muito chegado a viscos, quer dizer, não se Hesta e Winver estiverem por perto.

Nora riu.

— Receio que precisem consultar as dríades a respeito, e elas decidirão. Posso adiantar que faz parte da tradição usar ao menos um ramo de visco. Eu não a chamaria de coroa, não lembra nada a que Velindur usava. É mais um aro com várias espécies de plantas entrelaçadas.

— Vou ficar orgulhoso de usá-la, não importa o que escolham.

Nora descansou a varinha sobre a mesa. Jack pegou a sua na mochila da escola e esperou pelas instruções.

— Primeiro preciso que me passe aquela caixa — disse Nora, apontando para a extremidade da mesa.

Jack foi até lá e apanhou uma caixinha retangular enfeitada com nós celtas e carvalhos na tampa e nas laterais.

— Agora abra e a segure firme.

Jack retirou a tampa. Dentro encontrou um pedaço de veludo negro. Nora desfez o nó da algibeira de couro trazida de Annwn e, com muito cuidado, guardou as nozes na caixa. Ainda brilhantes e lisinhas, pareciam enormes se comparadas à pequenina noz de ouro pendurada no pescoço de Jack.

— Podemos começar?

Nora plantou-se na soleira, segurando a caixa numa das mãos e a varinha na outra.

— Jack, traga a sua varinha e me siga. Você também pode vir, Camelin, desde que não nos interrompa. Trata-se de uma operação muito delicada.

Seguiram Nora até o grupo de estátuas.

— Lerei os nomes do meu livro em ordem. Para cada uma, você deve segurar uma das nozes com a mão esquerda e colocar um dedo da mão direita nos lábios da estátua correta. Sentirá o espírito dela passar para você. Quando nada mais restar dentro da estátua, aperte com força a noz de ouro de sua corrente. Concentre seus pensamentos em Arrana, e o saber que ela lhe transmitiu fluirá para a noz junto com o espírito da Hamadríade.

Jack respirou fundo.

— Estou pronto. Já entendi como devo proceder.

Nora bateu com a varinha no *Livro de Sombras,* que se abriu de imediato na página correta.

— Groweena, a Gentil Guardiã do Bosque e Amada por Todos — convocou.

Nora não informara Jack qual das estátuas era Groweena. Ele as examinou atentamente até ter certeza de vislumbrar uma luz fraquinha dentro de uma delas. Ao se aproximar, o brilho da luz aumentou. Ele colocou um dedo da mão direita nos lábios da estátua e segurou com firmeza uma noz entre o polegar e o indicador da mão esquerda. De imediato, o interior da estátua vibrou. Jack sentiu os dedos aquecerem. Era a mesma sensação que experimentara ao tocar a rocha diante da nascente de Jennet. Não afastou o dedo até desaparecer a última centelha de luz. Então, apertou a noz de ouro com a mão direita, e uma poderosa energia lhe percorreu as veias como se pegasse fogo. A noz de ouro brilhou através do punho fechado, e a noz Hamadríade, presa na outra mão, também começou a cintilar.

O Portal de Glasruhen

— Pronto — disse Nora quando a luz se apagou.

Jack respirou fundo. Não fora uma sensação desagradável, mas definitivamente era diferente de qualquer outra já experimentada.

— O que faço agora com a noz?

— Deixei alguns vasos perto do arranjo de pedras no jardim. Plante-a na terra macia. Vamos enterrar todas.

Bufando, Camelin se enfiou atrás do arranjo de pedras. Jack presumiu que procurava a sua rã oracular enquanto eles se ocupavam das estátuas.

Um a um, os nomes foram chamados, e Jack transferiu os espíritos da Hamadríade das estátuas para as nozes, bem como a sabedoria de Arrana. Não parou até segurar a última noz e Nora ler o nome:

— Allana, a Bela Guardiã do Bosque, a Mais Gentil e Sábia.

— Essa é a Hamadríade de Newton Gill! — exclamou Jack.

— Ela mesma. Foi uma das últimas que resgatei. Newton Gill voltará a ter uma Hamadríade.

Jack ficou encantado. Mal podia esperar a hora de ir ao encontro das Gnarles e lhes contar as boas novas. Com presteza, transferiu o último espírito da árvore para a noz e a plantou no último vaso vazio.

— Por hoje, nosso trabalho acabou. Gostaria de ajudar a plantá-las no fim de semana?

— Claro, sobretudo Allana. Estou tão feliz pelas Gnarles. Isso significa que as dríades vão retornar à Floresta de Newton Gill e as Gnarles vão deixar de ser árvores ocas?

— Ainda há muito trabalho pela frente antes do retorno das dríades. Novas árvores precisam crescer. As dríades não vivem em árvores uma vez transformadas em Gnarles. Quando Allana tiver se recuperado, as árvores voltarão a brotar na Floresta de Newton Gill. As Gnarles terão bastante companhia e jamais voltarão a ser sozinhas.

— Vocês ainda não terminaram? — resmungou Camelin. — Preciso mostrar minha rã oracular a Jack. Ele ainda não o examinou direito.

— Como assim? — perguntou Nora. — Ainda não percebeu que *ele é ela*?

215

— O quê? Eu tenho uma rã fêmea? De que me servirá?

— *Ela* tem um nome: Saige.

— Estou pouco ligando para o nome dela. Eu queria uma rã oracular macho. Apenas os machos fazem previsões. Ela vai ser tão útil quanto uma bola de futebol de vidro.

Jack tentou conter o riso.

— Posso ajudar Camelin a procurar Saige?

— Claro; por enquanto, nossa tarefa está concluída. As nozes Hamadríades crescem a uma velocidade inacreditável. No fim de semana, já serão brotos fortes, grandes o suficiente para serem plantados. Em pouco tempo, teremos de novo carvalhos resistentes na floresta. E logo você poderá visitar as irmãzinhas de Arrana.

Agitado, Camelin lançou um olhar de súplica a Nora.

— Muito bem, podem ir, mas essa rã tem de estar no jardim ao anoitecer. Não permito que fique no sótão.

Nora pegou a caixa e entrou no herbário. Camelin não parecia muito satisfeito.

— Já tentou perguntar a Saige a questão importante? — perguntou Jack.

— Que nada! Não consegui encontrar ele, quer dizer, ela.

— Quem sabe ela aparece se a chamarmos pelo nome?

— Se quiser tentar...

Jack chamou e chamou, procurou por toda parte, tentando adivinhar onde uma rãzinha se esconderia, mas ela sumira de vista.

— Está ficando tarde. Preciso ir para casa jantar.

Camelin resmungou sabe-se lá o quê. Jack nem prestou atenção. Despediu-se de Nora e encaminhou-se para a sebe.

— Vejo você amanhã depois da escola! — berrou.

Camelin não respondeu, ocupado demais com os resmungos. Jack sorriu e o observou remexer os canteiros com o bico.

O Portal de Glasruhen

Depois do jantar, Orin quis saber tudo sobre Annwn. Jack a fez jurar que demonstraria surpresa se Camelin quisesse lhe contar tudo de novo. Preparava-se para ir para a cama quando seu *Livro de Sombras* vibrou. Abriu-o na primeira página, e as letras começaram a aparecer. Era uma mensagem de Camelin:

Nora pediu pra avisá que amanhã a noite é dia de festa. Seu avô já sabe então pode vi depois da escola. Tras suas galoshas

Jack ficou imaginando que festa seria essa, então escreveu de volta:

Por que preciso das galochas?

Logo depois recebeu a resposta:

Não consigo encontrá minha rã
Preciso que procure no lago
Gerda ocupada demais para ajudá

Jack riu. Leu a mensagem de Camelin para Orin e respondeu:

OK
Depois da aula eu ajudo a procurar Saige.

— Acho que está na hora de dormir — disse Jack a Orin. — Amanhã busco você e as galochas depois da aula, antes da festa.

Camelin esperava Jack perto da cerca viva.

— Você trouxe?

— Claro.

— Então ande logo, calce as galochas e vamos dar uma olhada no lago.

Passaram a meia hora seguinte caçando a rãzinha, dentro e na beirada do lago. Um som vibrante fez Jack erguer o rosto.

— Nora avisou que está na hora da festa — piou Charkle.

Mesmo a ideia de festa não parecia animar Camelin.

— Aposto que vamos encontrá-la — disse Jack enquanto se dirigiam ao pátio.

— Nora disse que Saige vai aparecer quando tiver vontade e se sentir em casa. Quanto tempo acha que uma rã fêmea demora a se sentir em casa? Aposto que demora mais que uma rã macho.

Jack calçou os sapatos e rumaram em direção à casa.

Foram aclamados ao entrarem na cozinha. Jack tirou a varinha da mochila para conseguir entender o que diziam.

Todos os ratos encontravam-se sentados nas canecas emborcadas, numa das extremidades da mesa, esperando ansiosos as aventuras vividas em Annwn. Jack observou o lugar vazio de Elan; nada parecia igual sem ela. Pelo menos, Camelin demonstrou animação ao ver o tamanho da torta de ruibarbo preparada por Nora.

— Achei que tivesse levado todo o ruibarbo para Annwn — disse.

— Guardei um pouco para a comemoração especial que prometi a vocês.

Timmery flutuou em torno da cabeça de Jack.

— Olhe só para mim. Voltei a ser beija-flor. Nora disse que hoje eu podia ser passarinho para poder ver tudo o que se passa. Charkle recebeu permissão para voltar a ser um dragonete.

— É tão bom finalmente voltar ao normal... — suspirou Charkle.

Ele voou com ligeireza pelo aposento. Ao atravessar a janela da cozinha, o último raio de sol iluminou as escamas verdes brilhantes. Era a primeira vez que Jack via Charkle feliz de verdade.

O Portal de Glasruhen

— Camelin, olhe só isso! — exclamou, antes de dar um rodopio duplo sobre o centro da mesa, cuspindo fogo enquanto girava.

— Exibido! — resmungou Camelin.

Nora bateu três vezes na mesa.

— Acho que chegou a hora de ouvirmos tudo sobre a aventura. Eu também não me importaria de ouvir toda a história.

Camelin pulou sobre a mesa, percorreu sua superfície e esperou até que todos fizessem silêncio. Tossiu duas vezes antes de começar.

— Bem — disse Nora quando Camelin terminou —, isso com certeza me deixou a par do pouco que eu desconhecia.

Motley se levantou e pigarreou.

— Acha que há lugar para um rato muito inteligente na próxima aventura?

— Se conseguíssemos encontrar um — disse Camelin às gargalhadas.

Nora franziu o cenho.

— Acabaram-se as aventuras não planejadas, certo?

Jack e Camelin olharam para baixo e balançaram as cabeças para cima e para baixo em confirmação.

— Certo? — repetiu Nora, fitando Timmery e Charkle.

— Certo. Juramos — responderam em coro.

— Agora acho que é hora de contar histórias. Qual a sua favorita, Charkle?

— Ah, *O Dragão dos Ventos Uivantes*. Eu ia adorar contar essa.

Todos bateram palmas quando Charkle chegou ao fim.

Camelin se levantou e deu um passo à frente.

— E você, Timmery? — perguntou Nora.

Camelin voltou a se sentar.

— Eles vão contar as melhores e não vai sobrar nenhuma para mim.
— Gostei de *O Rato e o Pote de Melado*.
— O que foi que eu disse? — resmungou Camelin. — Era essa que eu queria contar.
Timmery o ignorou e contou a história tão bem quanto o contador de histórias. Ao terminar, os ratos bateram palmas e pediram mais, porém Nora ergueu a mão.
— Vamos guardar o restante para outro dia. Jack precisa voltar para casa daqui a pouco, mas a boa notícia é que seu avô permitiu que passe o fim de semana aqui.
Nora virou para Jack e sorriu; ele retribuiu o sorriso.
— Seu avô vai participar do Clube de Venda de Plantas e anda muito ocupado. Achou que você ficaria entediado se o acompanhasse. Gostaria de passar o fim de semana conosco?
— Nada no mundo me deixaria tão contente.
— Você pode me ajudar a procurar a minha rã — disse Camelin.
— Eu ajudo, mas hoje não.
Todos se despediram. Jack planejava escrever a Elan quando chegasse ao quarto, porém, de tão cansado, acabou indo direto para a cama.

COMUNICAÇÕES

A cozinha do avô fervilhava de atividade na sexta-feira à tarde, quando Jack chegou da escola. Pessoas chegavam com cartazes e bandejas de mudas que eram acomodados no porta-malas do carro do avô. Preparavam tudo para a manhã seguinte.

— Tem certeza de que não se importa de passar o fim de semana com Nora? — perguntou o avô. — Se quiser, pode ir comigo amanhã.

— Não, vou ficar bem, não se preocupe, vovô.

— Não sei a que horas terminaremos no domingo, então espere na casa de Nora até eu buscá-lo.

— Pode deixar; prometo.

Jack apanhou Orin, pendurou a mochila nas costas e pegou as galochas. Encaminhou-se para os fundos do jardim da casa e acenou um tchauzinho antes de atravessar a sebe. Vibrava de tanta animação. Mal podia esperar a visita à Floresta de Newton Gill quando mostraria a nova Hamadríade às Gnarles.

— Puxa, você demorou um bocado — resmungou Camelin assim que Jack pisou no jardim de Nora. — Passei o dia esperando você chegar.

— Eu estava na escola. Não pude vir antes. Além do mais, primeiro tinha de buscar minhas coisas em casa. Olha, trouxe as galochas de novo.

— Ainda não dá para procurar Saige. Nora quer lhe mostrar uma coisa.

— Olha isso! — exclamou Jack.

Camelin virou a cabeça na direção dos vasos, perto do arranjo de pedras.

— Ah, isso? Foi por isso que Nora me mandou encontrar você aqui. Ela queria que visse as árvores.

— Como eu não veria? Cresceram tanto... Já viraram arvorezinhas...

Jack viu Nora saindo apressada da casa.

— O que acha? Não estão lindas?

— Puxa, se estão! — concordou Jack.

Camelin pulou para o topo das pedras.

— Já encontrou Saige? — perguntou Nora.

Camelin fez que não com a cabeça.

— Não é possível que tenha procurado em todos os lugares. Já olhou dentro de sua caverna secreta?

— Caverna secreta? — perguntou Camelin com a cara mais inocente que conseguia fazer.

— Aquela do outro lado do arranjo de pedras... Naquele lugar onde você acha que eu não posso vê-lo. Pensando bem, deve estar entupida de migalhas, e uma rãzinha não ia achar aquele lugar muito agradável.

— Não tem migalha nenhuma lá — respondeu Jack.

Camelin o fitou com olhar carrancudo, mas saltitou, tentando enxergar dentro de seu esconderijo.

— Ela está aqui!

O Portal de Glasruhen

— Que bom. Vou deixar vocês à vontade para se conhecerem melhor.

Camelin chamou Jack e pediu que ele apanhasse Saige.

— Ande logo, preciso que a leve ao sótão.

— Agora?

— Agora mesmo. Não aguento mais esperar. O suspense está me matando.

Jack calçou as galochas e, com extremo cuidado, apanhou Saige, que coaxou bem alto quando ele a levantou para lhe dar uma boa olhada.

— Ela é um amor. Quantos anos imagina que tenha?

— Dez — coaxou Saige.

Jack não podia acreditar no que ouvira.

— Ela é uma rã oracular. Ouviu isso?

— Como vamos saber se tem dez anos mesmo? Ela pode inventar o que bem entender.

— Quer saber de uma coisa? Vamos testá-la. Quantos estorninhos tem na casa de passarinhos, Saige?

— Dez — coaxou a rãzinha.

— Que maravilha! É o único número que ela conhece — disse Camelin emburrado.

— Não, ela tem razão. Conte para ver!

Camelin contou os passarinhos um a um.

— Tem dez mesmo!

— Eu não disse? Ela é uma rã oracular.

Camelin começou a gingar em torno do arranjo de pedras.

— Eu tenho uma rã oracular — cantarolou.

Jack sorriu para Saige.

— E agora?

— Guarde a rã dentro de uma de suas galochas. Temos de levá-la até o sótão sem que Nora veja.

Jack tirou a água de uma das galochas, deitou-a de lado e Saige saltou para dentro.

— Tudo pronto? — perguntou Camelin.
— Pronto — responderam Saige e Jack.

Passar por Nora sem ser visto não tinha sido nada fácil. Jack torcia para Saige não abrir a boca até estarem a uma razoável distância de Nora. Camelin subiu a escada primeiro, seguido de Jack, que tão logo chegou virou a galocha no chão do sótão. Ao enfiar a cabeça pela portinhola, ficou boquiaberto.
— De onde veio isso?
— Eu disse, andei ensaiando umas mágicas. É igual à lixeira que demos a Myryl.
— Mas seu sótão não é grande o bastante para ter um negócio desse tamanho. É imensa e parece ainda maior onde você a colocou. Por que não está no meio, onde tem um pouco mais de espaço?
— Eu não queria que Nora visse.
— Impossível não ver!
— Preciso da sua ajuda. Não consigo tirar a tampa, então ainda não vi o que tem aí dentro.
— Nem eu vou conseguir destampar. Ela está espremida entre a viga e o chão. Só vai dar se você diminuir a lixeira.
— Diminuir, diminuir? Fique sabendo que essa lixeira está cheinha de doces. Por isso eu preciso fazer *a pergunta importante...*
Jack interrompeu Camelin.
— Você se dá conta de que, se Nora descobrir, vai tirar sua varinha? Já nos avisaram para usá-las com sabedoria.
— Mas eu usei com sabedoria. Pedi uma grande variedade de doces sem gosto de banana.
— Mas vão apodrecer se não reduzi-la.
Camelin ficou emburrado.

O Portal de Glasruhen

— Não posso suportar essa ideia. Diminua você então.

Jack tirou a varinha e a apontou para a enorme e reluzente lixeira.

— *Lunio* — ordenou.

O canto do sótão foi invadido por uma luz azul. Faíscas miúdas explodiram, se retorceram e crepitaram ao sacudirem o metal. Um som estranho de trituração se ouviu quando a lixeira começou a encolher.

— Não tão pequena! — berrou Camelin.

Jack só parou a mágica ao ver uma lixeira pequena, réplica exata da grande, num canto do sótão de Camelin.

— Pronto, agora pode retirar a tampa.

Camelin se arrastou, enfiou o bico na alça e destampou a lixeira.

— Uau! Venha ver, Jack. Quantos doces devem ter aí dentro?

— Cento e sessenta e dois — coaxou Saige.

Jack e Camelin olharam a rãzinha enquanto ela saltitava pelo sótão.

Camelin parecia desapontado.

– Isso não é muito. Você entende que não vou poder dividir meus doces com ninguém agora, não é? Só dá para um.

Antes que Jack pudesse responder, Nora pediu que descessem à cozinha.

— Vejo você lá embaixo — disse Camelin, saltando no parapeito da janela.

— E Saige?

— Ela vai ficar bem aqui; depois você a leva de volta ao jardim antes da hora de dormir.

O *Livro de Sombras* de Nora encontrava-se aberto sobre a mesa da cozinha. Ela parecia muito empolgada.

— Recebemos uma mensagem de Elan.

Camelin empoleirou-se no ombro de Nora para dar uma olhada.

— Vá se sentar com Jack, e eu leio para vocês.

Camelin desceu e foi arrastando os pés até o outro lado da mesa.

Nora se sentou e leu:

Tenho ótimas novidades!
O Conselho Sagrado concordou em abrir todos os portais.
E novidade melhor ainda,
Gwillam foi às Cavernas do Repouso Eterno, nas montanhas,
e enviou uma mensagem em sonhos aos druidas adormecidos
para lhes contar sobre o meu retorno.
Eles concordaram em acordar e abandonar as Cavernas.
Querem voltar.
Com a ajuda deles, meu trabalho aqui será mais fácil do
que eu imaginava.

— Isso quer dizer que Elan vai voltar logo? — perguntou Jack.

— Antes do que calculava — respondeu Nora. — Ela esperava voltar conosco depois de nossa visita a Annwn no dia de Samhain; mas, com a ajuda dos druidas, deve voltar no verão. Tem outra mensagem aqui para você, Jack.

O Conselho Sagrado também concordou que
a sua cerimônia de
coroação acontecerá no dia de Samhain em Annwn.

— Rei! — exclamou Jack, tentando se acostumar ao som da palavra. — Ainda acho difícil acreditar.

O Portal de Glasruhen

Depois do jantar, Nora buscou o mapa e começou a marcar os lugares onde as mudas de Hamadríades seriam plantadas.

— Podemos ir primeiro à Floresta de Newton Gill? — pediu Jack.

— Prometi que voltaria lá e cantaria para as árvores. Acho que não ficaram nada impressionadas da última vez. Não era o tipo de canção que esperavam.

— Claro que sim, a ordem em que forem plantadas não tem importância.

— Não tinha nada de errado com a música — resmungou Camelin —, foi você que desafinou porque não está acostumado a cantar como corvo.

A menção da canção serviu de lembrete a Jack.

— Quase ia me esquecendo. Tenho dois convites para a apresentação do coro no colégio. Pode vir com vovô?

— Adoraria — respondeu Nora. — Quem sabe Camelin ouve da porta?

— Não precisa. Ele vai ter uma visão e tanto. A apresentação vai ser ao ar livre, no campo da escola, sob as árvores.

Camelin não respondeu.

— Estamos ansiosos para o dia chegar logo. Bem, acho que chegou a hora de dormir; amanhã o dia vai ser bastante agitado.

Todos se deram boa-noite.

Jack acabara de fechar a porta quando Camelin apareceu no parapeito da janela.

— Venha, agora está seguro. Nora foi ao lago visitar Gerda e Medric e contar as novidades.

— Seguro para quê?

— Para você sair, pegar Saige e levá-la de volta. Aposto que, antes de entrar em casa, Nora vai checar se ela está lá.

Jack enfiou a cabeça na portinhola e estendeu o braço. Saige saltou em sua mão, depois em seu braço e, por fim, em seu ombro.

— Obrigado — disse Camelin. — Até amanhã!

Jack sorriu ao ver o grupo de mudas perto do arranjo de pedras. Os pequenos galhos se tocavam, e as folhas farfalhavam, apesar de não soprar nenhuma brisa. Sabia que conversavam entre si.

— Quantos doces devia ter naquela lixeira grande?

Saige cochichou-lhe ao ouvido.

— Isso tudo? Caramba, não é de estranhar que Camelin tenha ficado tão chateado!

A rãzinha desceu e desapareceu dentro da caverna secreta de Camelin; bem, o antigo dono teria de encontrar outro lugar. Em breve, a Floresta Newton Gill recuperaria a vida. Tanto Camelin quanto Peabody teriam de ter cuidado com o que diziam ou faziam no futuro, ou Nora tomaria conhecimento de suas estripulias rapidinho.

O dia amanheceu ensolarado, sem uma única nuvem no céu.

— Café da manhã em meia hora — avisou Nora quando Jack e Camelin chegaram à cozinha. — O dia está tão lindo que pensei em fazermos um piquenique no pátio.

Camelin resmungou baixinho.

— Eu sei — disse Jack ao chegarem ao jardim. — Eu podia me transformar, e podíamos brincar de bicobol antes do café da manhã. A brincadeira ia nos abrir o apetite.

Camelin resmungou de novo.

— O que houve?

— Não me sinto bem. Vou subir.

— Por que não nos sentamos? Talvez melhore um pouco com o ar fresco.

Camelin se sentou bem quietinho.

— Devo ir chamar Nora? — perguntou Jack.

— Não, mas gostaria de saber quanto tempo vai durar essa dor de barriga.

— Doze horas, trinta e dois minutos e seis segundos — coaxou Saige, saltitando e parando ao lado de Jack.

— Tem horas em que seria melhor não ter uma rã oracular por perto — reclamou Camelin. — E essa é uma delas.

— Posso fazer algo para ajudar?

— Não, a culpa é minha. Comecei a contar os doces na noite passada, para verificar se Saige estava certa, e acabei comendo alguns. Preciso subir e me deitar.

Camelin voou para o sótão.

— Eu me pergunto quantos ele comeu...

— Cento e sessenta e dois — coaxou Saige.

— Ei, isso significa que ele comeu todos! Só podia ter ficado com dor de barriga.

Jack sorriu. Sua vida era um mar de surpresas, mas não acreditava que Camelin pudesse mudar algum dia. Observou Saige saltitar na direção do arranjo de pedras. Quem acreditaria que acabara de falar com uma rã oracular?

Ele sabia que sua vida jamais voltaria a ser normal agora que virara um menino-corvo. E, em poucos meses, seria coroado rei da Floresta. Ele esperava que, se Arrana ainda existisse, pudesse sentir orgulho dele. Jack mantivera sua promessa e não decepcionara ninguém. Seria uma longa espera até o dia de Samhain, quando poderiam atravessar o Portal de Glasruhen de novo. Torcia para Elan voltar logo de Annwn. Já sentia saudades dela, embora não se sentisse solitário. Como poderia, tendo conquistado tantos novos amigos? Ele se sentia diferente. Não tinha mais medo. E, com Camelin ao seu lado, sabia que estaria pronto para encarar o que viesse pela frente.

EXTRATOS
DO

LIVRO DE SOMBRAS

Como Montar o Caldeirão

Descansem as placas em torno do teixo.
Primeiro, o pinheiro e o azevinho no eixo.
Em seguida, apanhem o salgueiro e o espinheiro,
a faia, o freixo, o olmo e o carvalho, os oito
primeiros.Bétula e macieira se seguirão,
E então dez placas serão.
Por último, a nogueira e o cumaí, embora não menos
importantes.
E unir as peças do caldeirão para o banquete será
o bastante.

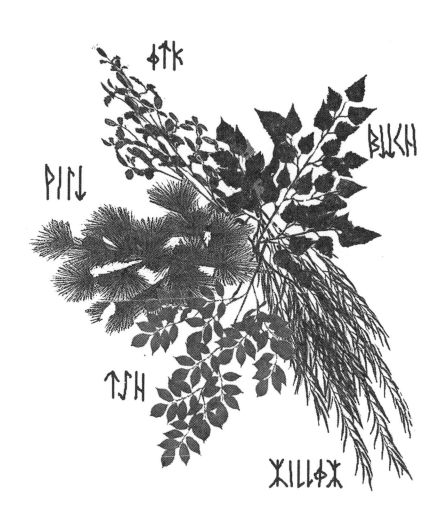

Como abrir o Portal Oeste de Annwn

As fontes sagradas devem localizar.
De cada fonte, uma placa do caldeirão retirar.
Quando encontradas e reunidas,
com tiras de couro deverão ser atadas.
Bata três vezes na borda do caldeirão,
e está pronta para começar a função.
Reúna carvalho, faia, salgueiro, bétula e pinheiro,
bem como do Templo Sagrado a noz verdadeira.
Ao pôr do sol, na data do ritual,
deposite tudo em Glasruhen, no portal.

INSTRUÇÕES PARA A ABERTURA DE UM PORTAL PARA ANNWN

Para escancarar o portal
do território mágico de Annwn,
o Tesouro Sagrado deve ser encontrado,
e, diante das Sentinelas, levado.

Primeiro, é preciso os cinco galhos alinhar.
Então, as palavras rituais conhecidas pronunciar.
Do santuário segurem, com cuidado, o Tesouro
e, em seguida, façam brilhar a noz de ouro.

Sob a arcada encontrarão
um brilhante, alto e verde portão.
Nenhum humano para entrar terá permissão,
sendo o dia de Samhain a única exceção.

Pela Lei de Annwn fica estabelecida
uma penalidade a quem o portal transpassar.
Por qualquer crime na Terra Mágica cometido,
diante do Conselho será obrigado a se postar.

AGRADECIMENTOS

Gostaria de agradecer Paula, Vennetta, Sue, papai, Molly e Geoffrey por suas inestimáveis contribuições e estímulo.
Também gostaria de expressar meu enorme agradecimento a Ron, por tudo, e a todos da Infinite Ideas.